Angela Waidmann

Zoe. Das Glück hat vier Hufe.
Ritt in die Freiheit

Weitere Bände in dieser Reihe:
Kopfüber ins Abenteuer
Filmstars im Galopp

Angela Waidmann, 1965 geboren, im Rheinland aufgewachsen, schreibt Geschichten, seit sie fünf Jahre alt ist. Nach ihrem Examen als Historikerin machte sie sich selbstständig und arbeitet u. a. als Journalistin. Die begeisterte Reiterin schreibt Pferdefachbücher und veröffentlichte zahlreiche Kinder- und Jugendbücher, darunter viele Pferderomane. Mit ihrem Mann und ihrem Sohn, dem Lusitano-Wallach Vingador und Katze Niki lebt sie in einem Dorf im Spessart.

Angela Waidmann

Zoe. Das Glück hat vier Hufe

Ritt in die Freiheit

Arena

MIX
Papier aus verantwortungsvollen Quellen
FSC® C110508
FSC
www.fsc.org

1. Auflage 2016

Einbandgestaltung: formlabor, unter Verwendung von Motiven von
© www.slawik.com und Annette Shaff/shutterstock.com
Vignetten von mxtama/istockphoto.com
Gesamtherstellung: Westermann Druck Zwickau GmbH
ISBN 978-3-401-60205-9

Besuche uns unter:
www.arena-pferdebuecher.de
www.arena-verlag.de
www.twitter.com/arenaverlag
www.facebook.com/arenaverlagfans

Kapitel 1

Wieder zu Hause

Das war's dann wohl", seufze ich und schalte mein Smartphone ein. Wehmütig sehe ich mir darauf noch einmal die Bilder von Kloster Eiblwang an, die ich heute Morgen zur Erinnerung bei einem romantischen Sonnenaufgang gemacht habe. Danach rufe ich die Fotos auf, die ich in den letzten Tagen während der Dreharbeiten für den Hollywoodfilm *Das Erbe der Musketiere* geschossen habe, für den das Kloster zwei Wochen lang als Kulisse gedient hat. Denn mein Pony Filou und ich waren vor der Kamera dabei – als Statisten! Und nicht nur das: Eine Zeit lang bin ich sogar für die kranke Stuntfrau Sonja Stroben eingesprungen und hab die zickige Schauspielerin April Winterheart gedoubelt.

Aber jetzt sind die Filmaufnahmen leider endgültig vorbei. Es ist Freitagnachmittag, gestern habe ich meine letzte Szene abgedreht und jetzt bringt uns der Stuntman László samt unseren Pferden zurück nach Hause.

Ich bin ziemlich traurig, denn die Dreharbeiten waren zwar harte Arbeit, aber sie haben auch richtig Spaß gemacht. Ich hab mich sogar mit dem Hauptdarsteller Travis Lauter angefreundet. Mann, waren meine Freundinnen Birte, Janine und Paulina baff, als sie das erfahren haben. Travis ist vier Jahre älter als wir und der Schwarm aller

Mädchen. Die drei können es kaum erwarten, dass ich nach Hause komme und sie mich über ihn ausquetschen können. Und abgesehen davon, dass ich mich darauf freue, meine Freundinnen endlich wiederzusehen, habe ich auch sonst eigentlich jede Menge Grund zur Freude, denn in ungefähr einem Jahr darf ich mich auf der Kino-Leinwand bewundern. Außerdem liegen jetzt noch ein paar Wochen Sommerferien vor mir, in denen ich ausschlafen, chillen und ganz oft mit meinem Pony Filou ausreiten kann.

Trotzdem bin ich ganz schön durcheinander und ziemlich ratlos. Und das liegt an Arpad Erdelyi. Der ist zwar erst vierzehn, hat aber schon mit Favory, dem Lipizzanerhengst seines Vaters, in *Das Erbe der Musketiere* als Stuntman gearbeitet und den Helden Jean-Philippe d'Artagnan alias Travis Lauter gedoubelt.

Der Grund für meine Verwirrung ist, dass Arpad gestern etwas total Eigenartiges gemacht hat: In meiner allerletzten Szene musste er mich aus einer Grube zu sich in den Sattel ziehen. Dabei hat er mir vor laufender Kamera einen leidenschaftlichen Kuss gegeben. Aber der stand gar nicht im Drehbuch! Ich war total perplex, wirklich absolut geplättet, denn die Wahrheit ist: Ich hab mich heimlich in Arpad verliebt. Und ich weiß bis jetzt nicht, wie er das mit dem Kuss gemeint hat. Wollte er der Szene vielleicht nur einen zusätzlichen Kick geben?

Jedenfalls tut Arpad jetzt so, als wäre das alles nie passiert. Und leider hab ich nicht den Mut, ihn zu fragen, was er sich denn nun dabei gedacht hat. Ich muss nämlich damit rechnen, dass er dann einen seiner typischen abfälligen

Sprüche loslässt. Und das wäre für mich eine unglaubliche Enttäuschung, sozusagen der nackte Horror.

Natürlich hab ich seine Schwester Maja, meine Freundin, deswegen um Rat gefragt. Aber sie sieht das leider genauso wie ich.

„Tja, Zoe, auch die schönsten Dreharbeiten gehen mal vorbei", sagt sie gerade, denn sie sitzt zwischen Arpad und mir auf der Rückbank von Lászlós Auto.

„Aber der nächste Auftrag kommt bestimmt", ergänzt Arpad optimistisch.

Was dich angeht, hast du ganz sicher recht, denke ich. Immerhin bist du der Sohn eines Reiter-Stuntmans, hast in den letzten Jahren jede Menge von deinem Vater gelernt und bist gerade mächtig dabei, in seine Fußstapfen zu treten. Ich dagegen …

Na gut, immerhin hat Arpads Vater Attila versprochen, mir ein paar Stunt-Tricks beizubringen. Und vielleicht kann ich ja eines Tages wirklich als richtiges Stuntgirl arbeiten. Das ist wenigstens mein ganz großer Traum und ich werde mit aller Kraft dafür kämpfen, dass er Wirklichkeit wird.

Mein Smartphone meldet sich und gibt mir Bescheid, dass ich auf WhatsApp Post bekommen habe. Ich rufe die Nachricht auf.

„Wer hat denn geschrieben?", fragt Maja neugierig.

„Travis", antworte ich spontan – und würde mir schon im nächsten Moment am liebsten auf die Zunge beißen. Arpad glaubt nämlich, dass Travis und ich uns ineinander verknallt hätten. Aber da irrt er sich, denn Travis hat in den

USA eine Freundin, und das macht mir wirklich nicht das Geringste aus.

Schnell werfe ich Arpad einen unauffälligen Seitenblick zu. Irre ich mich oder ist gerade so etwas wie ein Schatten über sein Gesicht gehuscht?

Am liebsten würde ich ihm jetzt sagen, dass ich absolut null Interesse an Travis habe. Aber das lasse ich besser bleiben, denn auch damit riskiere ich nur, von Arpad mal wieder einen seiner arroganten Kommentare zu kassieren. Dass László Lovas und Attila Erdelyi in allerbester Hörweite direkt vor uns im Auto sitzen, ist auch nicht gerade hilfreich. Da lese ich doch lieber, was Travis mir geschrieben hat.

„Hi, Zoe! Kim und ich frühstücken auf der Veranda des Farmhauses …"

Frühstücken? Für einen Moment runzele ich die Stirn, aber dann fällt mir wieder ein, dass es in Arizona, wo Travis auf der Farm von Kims Eltern ein paar Tage Urlaub macht, tatsächlich gerade erst Morgen ist.

Ich schaue wieder aufs Display. „Schon auf dem Heimweg?", fragt er. „Drehe Montag im Filmstudio in Hollywood weiter. Morgen leider letzter Tag mit Kim. Bekomme von ihr weiter Reitunterricht, kann bestimmt bald in Westernfilmen mitspielen!" Es folgen drei lachende Smileys. „Grüße an Maja und Arpad! Travis und Kim"

Noch heute Abend werde ich ihm antworten, nehme ich mir vor. Dann kann er Kim meine Nachricht nämlich noch zeigen.

„Was schreibt er denn?", fragt Arpad, als ich das Handy ausschalte. Er hat einen so unbeteiligten Tonfall angeschlagen, dass er mich damit innerlich auf hundertachtzig bringt.

„Im Moment macht er noch Ferien, aber am Montag dreht er in Hollywood weiter. Ich soll dich und Maja ganz lieb grüßen“, antworte ich so cool wie möglich. Kim erwähne ich absichtlich mit keinem Wort. Soll Arpad doch ruhig glauben, dass Travis sich in mich verknallt hat! Wenn ich Glück habe, macht ihn das vielleicht sogar ein bisschen eifersüchtig.

Doch zu meiner Enttäuschung bleibt sein Gesichtsausdruck unergründlich und seine einzige Antwort ist: „Mhm.“

„Dem Travis hast du's echt angetan“, stellt László fest und wirft mir über den Rückspiegel ein amüsiertes Grinsen zu.

Ich lächle ihm kurz zu, dann schiele ich noch einmal unauffällig zu Arpad hinüber. Aber ich kann sein Gesicht nicht sehen, weil er aus dem Fenster schaut und vermutlich die riesige Pferdeweide inspiziert, die gerade auf der anderen Straßenseite an uns vorüberzieht.

Da meldet sich WhatsApp schon wieder. Diesmal ist es meine Freundin Birte: „Hallo! Bist du bald da? Janine, Paulina und ich warten! Treffen uns bei mir morgen Nachmittag um drei, okay?“

„Und wer war's diesmal?“, fragt Arpad.

„Birte. Sie wartet mit Janine und Paulina im Reitstall auf uns“, erkläre ich und antworte meiner Freundin: „Treffen morgen geht klar. Sind in zehn Minuten da!“

László setzt nämlich gerade den Blinker und biegt auf

die Straße ein, die auf direktem Wege zu unserem Heimatdorf führt.

Tatsächlich brauchen wir nur neun Minuten, bis wir auf Hof Buchental ankommen. Dort werden wir allerdings nicht nur von meinen Freundinnen, sondern auch von einem ganzen Pulk anderer Leute erwartet.

„Birte und Janine haben offenbar wirklich jedem erzählt, dass wir im Anflug sind", grinst Maja.

Ihr Bruder brummt etwas schwer Verständliches, das so ähnlich klingt wie: „Fehlt nur noch, dass wir Autogramme geben müssen."

Dass wir bei einem Hollywoodfilm mitgemacht haben, ist in unserem Reitstall eine kleine Sensation. Jetzt müssen wir bestimmt jede Menge Fragen beantworten – über Hauptdarsteller Travis Lauter, John Deacon und April Winterheart, über die berühmte Regisseurin Angelina Jones, natürlich auch über die Pferde und, und, und … Filou und Favory, die hinter Lászlós Auto im Anhänger stehen, müssen jetzt wahrscheinlich erst mal ein paar Minuten warten. Aber was sollen wir machen?

Als ich aussteige, erinnert mich ein unangenehmer Schmerz in meiner linken Hüfte allzu deutlich daran, dass ich erst vor wenigen Tagen bei den Dreharbeiten mit dem Stuntpferd Xingaro gestürzt bin und dabei einen versehentlichen Tritt von ihm kassiert habe. Aber ich beiße die Zähne zusammen; die Leute auf Hof Buchental brauchen das nämlich nicht unbedingt zu merken.

Langsam steige ich aus und umarme erst mal meine drei Freundinnen, die sich tapfer zu uns durchgedrängelt haben. Maja, ihr Vater Attila und ich erzählen und zeigen Fotos auf unseren Smartphones, während Arpad und László sich so schnell wie möglich verdrücken, um die Pferde auszuladen.

Als wir uns endlich loseisen können, ist László bereits mit Filou am Halfter im Stall verschwunden. Eilig laufe ich hinter den beiden her und hole sie ein, als er mit meinem Pony vor dessen Box stehen bleibt und die Tür öffnet.

„Tut mir echt leid, die Leute haben mich nicht früher gehen lassen", schnaufe ich.

„Kein Problem", beruhigt er mich.

Filou marschiert in seine Box und macht sich gleich über den Haufen Heu her, den ihm Herr Sattler in kluger Voraussicht hingestreut hat.

Eine Weile stehen wir noch auf der Stallgasse und beobachten, wie er zufrieden vor sich hin kaut.

„Dein Pony hat die Dreharbeiten erstaunlich gut weggesteckt", meint László nach einer Weile. „Dafür, dass es schon einundzwanzig Jahre alt ist, ist es noch erstaunlich fit."

„Ja, Gott sei Dank", erkläre ich. „Filou gehört meiner Mutter schon seit achtzehn Jahren, also länger, als ich auf der Welt bin. Ein Leben ohne ihn kann ich mir gar nicht vorstellen."

Er nickt. „Mach dir mal keine Sorgen. So stark und gesund, wie er aussieht, kann er ohne Weiteres dreißig Jahre alt werden."

„Das wäre wunderbar!" Ich strahle ihn an.

Als wir zurückgehen und auf den Hof hinaustreten, bleibt László in der Tür stehen.

„Aha“, sagt er nur und schaut zu Emily, die gerade ihr neues Dressurpferd Amorio über den Hof führt. Dann murmelt er beeindruckt: „Das ist aber ein toller Kerl.“

Und da hat er absolut recht: Der falbfarbene Wallach ist wunderschön. Ich hab mich regelrecht in ihn verliebt, als ich ihn zum ersten Mal gesehen habe. Und jetzt, wo Emily sein verschwitztes Fell mit lauwarmem Wasser abgespritzt hat, glänzt er in der Sommersonne wie Gold.

„Er heißt Amorio und er ist wirklich etwas Besonderes, nämlich eine Kreuzung zwischen einem Lusitano und einem Warmblutpferd“, erkläre ich. „Seine Besitzerin heißt Emily Münzkötter. Sie will mit ihm Dressurturniere reiten.“

Zu meiner Überraschung antwortet László: „Ja, ich weiß. Arpad hat mir von den beiden erzählt.“

Etwas in meinem Bauch krampft sich zusammen; es fühlt sich fast so an, als würde eine dünne Schlange durch meine Gedärme kriechen. Genauso ist es mir schon am letzten Sonntag gegangen, als ich heimlich beobachtet habe, wie Arpad Emily und Amorio beim Training zugesehen hat. Weil Amorio dabei ungehorsam war und mehrmals heftig den Kopf geschüttelt hat, hat Arpad Emily danach sogar tröstend den Arm um die Schulter gelegt!

Na gut, mir war ja schon länger klar, dass Emily sich an Arpad heranmacht. Aber da hatte ich zum ersten Mal den Eindruck, als würde er sich auch für sie interessieren. Also ehrlich: In dem Moment hab ich Emily glatt zum Teufel gewünscht. Und richtig vergessen kann ich die Szene seitdem auch nicht mehr.

„Was hat Arpad dir denn gesagt?“, frage ich, wobei ich

László möglichst unauffällig aus den Augenwinkeln mustere.

Der hat tatsächlich nichts von dem Gefühlsaufruhr in meinem Inneren bemerkt, denn er sieht weiter interessiert zu Amorio hinüber und erklärt in ahnungslosem Ton: „Er findet, dass Emily nicht gut mit ihrem neuen Pferd umgeht. Amorio sei sehr sensibel, meint er. Trotzdem hat sie wohl sofort angefangen, mit ihm für Turniere zu trainieren. Dabei hätte er mindestens zwei Wochen gebraucht, um sich hier auf Hof Buchental einzugewöhnen."

„Mehr hat er nicht über die beiden erzählt?", hake ich mit möglichst gleichgültig klingender Stimme nach.

László runzelt die Stirn. „Das sagt doch schon alles, oder?"

Ob er jetzt doch noch was gemerkt hat? Ich fluche innerlich. Denn mir dämmert gerade, dass ich jetzt genauso schlau bin wie vorher. Wenn Arpad László gestanden hätte, dass er sich in Emily verknallt hat, würde László mir das nämlich mit Sicherheit nicht verraten.

„Da hast du wohl recht", sage ich darum. „Ich ärgere mich halt so über Emily."

„Das ist ja auch verständlich", urteilt er. „Weißt du, es gibt leider immer noch zu viele Reiter, die mit zu viel Ehrgeiz an ihren Sport herangehen. Sie setzen ihre Pferde unter einen zu großen Druck und verlangen Dinge von ihnen, die sie noch gar nicht leisten können. Solche Pferde sind oft derartig überfordert, dass sie anfangen, sich zu wehren. Arpad hat mir nämlich auch erzählt, dass Amorio öfter mit dem Kopf schlägt, wenn Emily ihn reitet."

Aha. Dann hat er dir also doch mehr gesagt, als du mir gegenüber zugegeben hast, denke ich und spüre, wie die Schlange in meinem Bauch sich weiter windet und dreht.

Trotzdem nicke ich heftig und erkläre: „Ich glaube allerdings, dass Emily gar nicht die Hauptschuldige ist. Ihr Vater ist nämlich ein reicher Bauunternehmer; er sponsert sie nach Kräften, aber er setzt sie auch tierisch unter Druck. Vielleicht hätte sie mit ihren beiden Pferden mehr Geduld, wenn er nicht ständig Turniersiege von ihr erwarten würde."

Da ertönt Birtes Stimme von links. „Ich fürchte, du hast absolut recht."

Erschrocken zucke ich zusammen. Mann, oh Mann! Ich war mit meinen Gedanken so sehr bei Arpad, Amorio und Emily, dass ich gar nicht gemerkt habe, wie sie mit Janine und Paulina um die Ecke gebogen ist. Jetzt bleiben die drei neben uns stehen.

„Trotzdem hat Emily einen totalen Dusel", fügt Janine hinzu. „Denn seit letztem Dienstag scheint sich eine Wandlung in Amorio vollzogen zu haben. Seitdem ist er brav wie ein Lämmchen."

Paulina nickt heftig. „Er hat seitdem nicht mehr ein einziges Mal mit dem Kopf geschlagen. Emily ist überglücklich und meint, dass ihrem ersten Turnierstart in zwei Tagen jetzt nichts mehr im Weg steht."

„Puh!", mache ich und mir fällt ein dicker Stein vom Herzen.

„Hoffentlich läuft bei der Dressur auch wirklich alles gut", meint Janine.

„Wie ist es, sollen wir übermorgen nicht zusammen

hingehen?“, schlägt Birte vor. „Ich war schon seit einer Ewigkeit nicht mehr auf einem Reitturnier und wir könnten problemlos mit dem Bus hinfahren.“

„Von mir aus gerne“, stimme ich zu.

„Oh ja, wir haben auch schon so lange nichts mehr gemeinsam unternommen, nur wir vier“, findet Paulina.

„Dann tschüss bis morgen“, verabschiedet sich Janine und die drei gehen zu ihren Fahrrädern, um nach Hause zu fahren.

„Na, du Hübscher?“, sage ich zu Amorio. Bevor László mich nach Hause bringt, hab ich noch ein bisschen Zeit, darum bin ich zu dem schönen Falben in den Stall gegangen. Jetzt stehe ich an seiner Box, schaue in seine großen, dunklen Augen und rede leise mit ihm.

„Ich hab gehört, dass es dir jetzt mit Emily besser geht“, sage ich zu ihm. „Also ehrlich: Darüber bin ich ja so was von froh … Weißt du, ich hab mir nämlich Sorgen um dich gemacht. Du hast so unzufrieden, ja richtig unglücklich gewirkt, und ich hätte dir so gerne geholfen. Aber ich wusste einfach nicht, wie ich das machen sollte.“

Zwar weiß ich, dass er meine Worte nicht versteht. Aber er scheint meine Stimme zu mögen. Denn jetzt kommt er einen Schritt näher, schiebt seine Nüstern zwischen den Gitterstäben hindurch und lässt sich von mir streicheln.

„Ja, du bist ein Lieber“, murmele ich und mir wird ganz warm ums Herz. „Am Sonntag, wenn du deinen ersten großen Auftritt auf einem Turnier hast, werde ich dabei sein. Dann drücke ich dir beide Daumen. Versprochen.“

Kapitel 2

Das große Turnier

Schau mal, da drüben sind sie ja!“, ruft Paulina. Dabei fuchtelt sie so aufgeregt mit ihrem Vanilleeis herum, dass ein Spritzer der langsam schmelzenden Creme auf Birtes T-Shirt landet.

„He, pass gefälligst auf!“, meckert die, zieht ein Papiertaschentuch hervor und wischt sich den Fleck ab, so gut es geht.

Seit etwas mehr als einer halben Stunde sind wir jetzt schon auf dem Reitturnier; wir haben uns vergeblich nach Amorio und Emily umgesehen, uns Pommes mit Ketchup und Mayo gekauft und beim Futtern einem Springwettbewerb zugesehen. Wie Paulina es schafft, gleich hinterher noch ein Eis zu verdrücken, ist mir allerdings ein Rätsel.

Plötzlich verpasst mir Birte aufgeregt einen Stoß in die Rippen. Denn während gerade der nächste Starter auf den Dressurplatz trabt, beginnt Emily tatsächlich, auf dem Abreiteplatz Amorio warm zu reiten.

Wir drängen uns durch die vielen Menschen zu den beiden hinüber.

„Puh, hier ist ganz schön was los“, stöhnt Janine, als wir endlich die Bande des Abreiteplatzes erreicht haben.

„Unglaublich, wie viele Leute bei diesem feucht-heißen Wetter hier aufgekreuzt sind“, seufzt Birte und wischt sich den Schweiß von der Stirn.

„Bestimmt sind die alle irgendwie mit einem Teilnehmer verwandt oder befreundet. Sonst lägen die mit Sicherheit dösend im Freibad oder in ihrem Garten im Schatten", vermute ich und recke mich, um Amorio besser sehen zu können.

„Garantiert", bestätigt Paulina. „Stellt euch vor: Heute Morgen um acht Uhr waren es auf unserem Balkon schon über zwanzig Grad! Ich bin nur hergekommen, weil ich unbedingt sehen wollte, wie Emily und Amorio klarkommen."

„Allerdings frag ich mich, warum so viele Reiter sich das antun", überlegt Birte laut. „Und erst recht ihren Pferden …"

„Hoffentlich kriegen die bloß genug zu trinken", erkläre ich. „Mama sagt nämlich, dass Pferde noch viel mehr schwitzen als Menschen. Darum können sie bei Hitze nur etwas leisten, wenn sie genug Wasser bekommen."

„Man ist es seinem Pferd ja wohl schuldig, dass man immer gut für es sorgt", bestätigt Paulina.

„Also, meine Eltern und ich lassen es mit unseren beiden Isländern viel ruhiger angehen, wenn es heiß ist", meint Birte.

„Das ist ja auch vernünftig. Andererseits: Wenn man das Startgeld bezahlt und tage- oder vielleicht sogar wochenlang für einen Wettbewerb trainiert hat, möchte man bestimmt auch starten", gibt Paulina zu bedenken.

„Da hast du auch wieder recht", findet Janine.

Ich hab ihnen nur mit halbem Ohr zugehört, weil ich wegen Amorio so aufgeregt bin. Hoffentlich ist er brav!

Hoffentlich gehorcht er und schlägt nicht wieder ungehorsam mit dem Kopf!

Ich bin so gespannt, dass ich mich immer wieder auf die Zehenspitzen stelle, weil mir schon wieder irgendein Zuschauer die Sicht verdeckt.

Uff! Momentan scheint alles gut zu gehen, denke ich total erleichtert, nachdem ich Amorio eine Zeit lang beobachtet habe.

Er geht ganz ruhig und brav, sein Schweif pendelt entspannt hin und her und schlägt nicht mehr so nervös wie letztes Wochenende, als ich Emily beim Training zugeschaut habe. Gerade geht der schöne Wallach mit aufmerksam spielenden Ohren ein lupenreines Schenkelweichen im Trab, dann galoppiert er ruhig zwei Runden, wird langsamer und wechselt im Trab durch die ganze Bahn die Seiten.

„Sieh mal, wie die anderen Reiter Emily anschauen", flüstert mir Birte amüsiert zu. „Denen ist wohl allen sonnenklar, was für eine scharfe Konkurrenz gerade an ihnen vorbeireitet."

Da hat sie absolut recht: Manche Teilnehmer machen total beeindruckte Gesichter, andere sehen eher frustriert aus und wieder anderen steht der Neid regelrecht ins Gesicht geschrieben.

„Hach! So gut wie Emily möchte ich auch reiten können", wünscht sich Paulina und steckt sich die letzten Reste ihres Vanilleeis-Hörnchens in den Mund.

„Ja, und so ein tolles Pferd möchte ich auch haben", seufzt Janine.

Für einen Moment steigt auch in mir die Eifersucht hoch. Weil Amorio, an den ich vom ersten Tag an mein Herz verloren habe, nun mal Emily gehört.

Dabei weiß ich ganz genau, was für einen hohen Preis sie für ihre beiden wertvollen Pferde und das teure Training bei den Sattlers bezahlen muss, nämlich ständigen Stress und mächtig Druck von ihren Eltern, die sie am liebsten jedes Wochenende mindestens einmal auf dem Siegertreppchen irgendeines Reitturniers sehen würden.

Trotzdem lässt sich meine innere Stimme nicht zum Schweigen bringen. Bei dir hätte Amorio es hundertmal besser, flüstert sie mir ein ums andere Mal hartnäckig zu, während Emily mit ihrem Pferd noch ein allerletztes Mal den Mitteltrab übt. Meine nervigen Gedanken lassen sich erst zum Schweigen bringen, als die beiden auf den Dressurplatz gerufen werden.

Eilig gehen wir hinüber und drängeln uns auf gute Plätze direkt an der Umzäunung.

Amorio hat gerade in der Mitte der Bahn angehalten und seine Reiterin grüßt die Richter mit einem deutlichen Kopfnicken. Dann wendet sie ihr Pferd in Richtung Hufschlag ab und trabt an, einmal um die ganze Bahn, dann einen Zirkel, eine Volte …

„Na also, klappt doch!“, flüstert mir Birte zu.

Ich antworte nicht, sondern halte gespannt die Luft an. Denn gerade bringt Emily Amorio zum Stehen, woraufhin er prompt hektisch mit dem Schweif schlägt.

„Uff!“, seufze ich, weil er trotzdem brav stehen bleibt und nicht mit dem Kopf wirft.

Emily lässt Amorio auf der Hinterhand wenden und zuerst im Schritt, dann wieder in einem flotten Trab weiterlaufen. Noch einmal geht Amorio eine punktgenaue Volte, bald darauf machen die beiden aus der Ecke kehrt.

„Sieht alles gar nicht so schlecht aus“, meint jetzt auch Janine.

„Hoffentlich sehen das die Richter bloß genauso“, seufzt Paulina. „Ich hab nämlich keine Ahnung, worauf die eigentlich wirklich achten.“

Ich sage wieder nichts, denn jetzt wird es richtig spannend: Die Galopparbeit fängt an! In vorbildlicher Haltung galoppiert Amorio einmal um den Reitplatz, dann einen Zirkel und wieder um die ganze Bahn, die beiden biegen im Galopp zum Wechseln durch die ganze Bahn ab und gehen in der Mitte des Reitplatzes kurz in Trab über, dann galoppiert Amorio absolut korrekt auf der anderen Hand wieder an. Noch einmal geht er einen Zirkel, dann lässt Emily ihn wieder traben … und beim Langsamerwerden schlägt er wieder nervös mit dem Schweif. Erschrocken schnappe ich nach Luft … aber Emily hat Glück, weil Amorio nicht mit dem Kopf wirft. Die beiden traben noch einmal einen Zirkel, dann ist die Prüfung fast vorbei, denn Emily reitet in die Mitte der Bahn, bringt ihr Pferd dort zum Stehen und grüßt noch einmal die Richter.

„Uff! Geschafft!“, seufze ich total erleichtert, als die beiden die Bahn verlassen.

Da tönt es aus dem Lautsprecher: „Wertnote für Emily Münzkötter auf Amorio: 6,8.“

Wenn ich bloß wüsste, ob das gut oder schlecht ist!

„Hat jemand von euch aufgepasst, welche Noten die anderen Reiter bekommen haben?“, fragt jetzt auch Birte in die Runde. Doch wir anderen können leider nur mit den Achseln zucken.

„Ich finde jedenfalls, dass die beiden gar nicht so übel waren“, urteilt Paulina. „Wetten, die landen auf einem vorderen Platz?“

„Oder sie gewinnen gleich die Siegerschleife“, vermutet Birte.

Janine nickt. „Fürs erste Mal können Emilys Eltern jedenfalls absolut nicht meckern.“

„Ich glaube, das haben sie auch gar nicht vor“, stelle ich zufrieden fest. Dabei weise ich mit dem Kopf zu Herrn und Frau Münzkötter hinüber, die gerade mit strahlenden Gesichtern in Richtung Abreiteplatz marschieren.

„Bestimmt sind sie jetzt endlich davon überzeugt, dass sich die teure Investition für Amorio gelohnt hat“, stellt Paulina sarkastisch fest.

Emily hat nämlich durchblicken lassen, dass ihr neues Dressurpferd richtig viel Geld gekostet hat.

Während der nächste Teilnehmer einreitet, machen auch wir uns auf den Weg zum Abreiteplatz.

Als wir fast dort angekommen sind, stößt mich Janine in die Seite: „Schau mal, mit wem Emily gerade spricht!“

Ich recke mich, um über die Schulter des großen älteren Herrn zu spähen, der in gemütlich langsamem Tempo vor mir herspaziert. Dann sehe ich es auch: Emily lässt Amorio im Schritt durch die Bahn gehen. Und der Junge, der jetzt neben ihr hermarschiert und sich dabei so angeregt mit ihr unterhält, dass er uns gar nicht bemerkt, ist niemand anderer als ...

„He, das ist ja Arpad“, stellt Paulina grinsend fest. „Was den wohl hierher gelockt hat ...?“

„Er macht sich bestimmt auch Sorgen um Amorio“, vermutet Janine mit betont unschuldiger Miene. Aber mir ist völlig klar: In Wirklichkeit denkt sie, dass Arpad wegen Emily gekommen ist.

Die bösartige Schlange in meinen Gedärmen meldet sich schon wieder; sie dreht und windet sich sogar noch stärker als sonst. Am liebsten würde ich meine Freundinnen anfahren, dass sie gefälligst den Mund halten sollen. Dabei können sie doch gar nichts dafür, dass mich ihre Bemerkungen so treffen, denn sie haben ja keine Ahnung, dass ich in Arpad verliebt bin. Und ich hab auch kein Interesse daran, ihnen davon zu erzählen. Dann würden sie mich nämlich bestimmt ausfragen und mit Mitleid überschütten und, und, und ...

Nein, danke! Lieber beiße ich mir auf die Lippe und zwinge mich zu einem entspannten Lächeln. Doch in meinem Inneren verkochen Eifersucht und Zorn gerade zu einem hochexplosiven Gemisch. Ach, wie gerne würde ich jetzt zu Arpad hinüberrennen, ihn bei den Schultern packen und fragen, ob er noch alle Tassen im Schrank hat, weil er sich ausgerechnet für so eine blöde Kuh wie Emily interessiert! Stattdessen winke ich mit gespielter Fröhlichkeit Maja zu, die uns gegenüber am Zaun des Abreiteplatzes steht.

Ein bisschen schüchtern lächelt sie zurück.

Kein Wunder, dass du dich unwohl fühlst, denke ich. Schließlich bist du die einzige von meinen Freundinnen, die weiß, dass ich in deinen Bruder verknallt bin. Außerdem spürst du deutlich, dass Birte, Paulina und Janine dich immer noch nicht so ganz akzeptiert haben.

Arpad hat gemerkt, dass Maja uns begrüßt hat, und schaut zu uns herüber. Er lächelt, hebt die Hand, spricht kurz mit Emily und kommt zu uns.

„Hallo!", sagt er und strahlt uns an; seine schönen dunklen Augen leuchten und mir wird wieder mit aller Macht bewusst, wie gut er aussieht und wie heftig ich mich in ihn verknallt habe.

„Scheint ja ganz gut gelaufen zu sein mit Emily und Amorio", meint Paulina.

Arpad nickt. „Allerdings. Jetzt wollen wir nur noch hoffen, dass die Richter das genauso sehen."

„Na gut", erkläre ich. „Aber ich finde, Amorios Leistung ist kein bisschen weniger wert, wenn einer der Richter ihn nicht so toll findet."

„Da hast du auch wieder recht", gibt er zu. „Hoffen wir nur, dass das Emilys Eltern ..."

Er unterbricht sich, denn Emily hat Amorio zum Stehen gebracht und schaut gespannt zum Dressurplatz hinüber.

Schnell sehe ich in die gleiche Richtung.

Aha. Gerade hat der letzte Teilnehmer die Bahn verlassen. Nicht mehr lange und die Richter werden das Ergebnis bekannt geben!

Jetzt bekomme ich richtig Herzklopfen. Für einen Moment lenkt mich das sogar von meiner quälenden Eifersucht ab und mir wird klar: Ich hab Amorio so gern, dass ich Emily wirklich von ganzem Herzen einen Platz auf dem Siegertreppchen wünsche.

Doch da verabschiedet sich Arpad mit einem kurzen „Jetzt wird's ernst. Also: Bis dann!“ und geht mit eiligen Schritten wieder zu Emily hinüber, die ihn übers ganze Gesicht anstrahlt. Prompt kippt meine Stimmung schon wieder und ich muss mich ganz schwer zusammenreißen, damit man mir meinen Frust nicht allzu deutlich ansieht. Am liebsten würde ich Emily lautstark zum Teufel wünschen!

Weil Birte mir einen Rippenstoß gibt, schrecke ich aus meinen düsteren Gedanken hoch.

„Was ist denn plötzlich los mit dir?“, fragt sie besorgt.

„Du, mir ist einfach nur heiß“, flunkere ich, weil das die erste Ausrede ist, die mir einfällt.

Zum Glück kauft sie mir die kleine Notlüge ab. „Kann ich verstehen. Ich bin ja auch schwer dafür, dass wir nach Hause gehen, sobald wir wissen, wie Emily und Amorio abgeschnitten haben.“

Nun beginnt der Sprecher, die Teilnehmer auf den Dressurplatz zu rufen, die sich eine Platzierung erritten haben. Emily und Amorio sind auch dabei!

„Na also!“, meint Paulina zufrieden, als wir uns wieder zum Dressurplatz hinüberdrängeln. Da beginnt gerade die Siegerehrung.

„Der erste Platz geht mit der Wertnote 7,2 an Ulrich Mayer zu Braxten auf Fiorello's Darling“, verkündet der Sprecher.

Wertnote 7,2. Hmm …, überlege ich, während der Sieger seinen Ehrenpreis und die Siegesschleife überreicht bekommt. Von Emilys Punktzahl 6,8 ist das nicht allzu weit entfernt. Sie könnte also ganz vorne mit dabei sein.

„Zweitplatzierte ist Ulrike Hofer-Hollenkamp auf Calypso mit der Wertnote 7,0“, lässt uns der Sprecher wissen.

Neben mir tritt Birte unruhig von einem Fuß auf den anderen. „Also, mit ein bisschen Glück wird sie Dritte, ansonsten Vierte.“

„Damit dürften ihre Eltern ja wohl zufrieden sein“, hofft Janine.

„Allerdings“, findet Paulina. „Für den ersten gemeinsamen Ritt ist das ein Riesenerfolg.“

„Und der dritte Platz geht mit der Wertnote 6,8 an … Emily Münzkötter auf Amorio!“, tönt es aus dem Lautsprecher.

„Bingo!“, ruft Birte und schlägt mir auf die Schulter.

„Na also“, meint Paulina.

Ich dagegen stoße nur einen erleichterten Seufzer aus.

Wir sehen Emily noch zu, wie sie mit Amorio die Ehrenrunde reitet. Ich genieße es total, dieses wunderschöne Pferd in entspanntem Galopp um den Reitplatz schweben zu sehen. Gleichzeitig fallen mir wieder die teils beeindruckten, teils kritischen Blicke auf, die die anderen Wettbewerbs-Teilnehmer den beiden zuwerfen. Und ich bemerke Emilys durch und durch triumphierenden Gesichtsausdruck.

Den anderen Reitern ist völlig klar, was für eine mächtige Konkurrenz gerade neben ihnen hergaloppiert. Und Emily weiß ganz genau, was sie denken, überlege ich.

Doch dann schüttele ich den Kopf und frage mich, wie man so etwas Nebensächliches wie eine Platzierung auf einem Turnier nur so unglaublich wichtig nehmen kann.

Ich würde jeden dritten Platz in einer Turnierprüfung sofort dafür hergeben, wenn Arpad Emily links liegen lässt und stattdessen mir mehr Beachtung schenkt. Aber ich fürchte, sosehr ich es mir auch wünsche, es wird niemals eintreffen.

Na gut, aber Träumen wird ja wohl erlaubt sein.

Kapitel 3

Tolle Neuigkeiten

„Also, kommst du nun heute Nachmittag zu mir zum Matheüben oder nicht?“, fragt mich Maja ein bisschen ungeduldig.

„Ja, äh ... klar, warum auch nicht? Um wie viel Uhr denn?“, antworte ich verwirrt.

Es ist Montagvormittag um zehn. Wir waren schon um acht Uhr am Pferdestall; gerade sind wir von einem Ausritt mit Benno und Filou zurück und jetzt stehen wir gemeinsam an der Weide des grasenden Amorio.

Maja verdreht die Augen. „Um drei Uhr. Das habe ich dir doch gerade gesagt.“

„Oh, hm ... sorry, tut mir echt leid“, sage ich mit schlechtem Gewissen.

„Das liegt nur daran, dass du mir nicht wirklich zuhörst“, erklärt Maja verärgert.

„Wie soll man sich denn bei dieser Hitze auch konzentrieren?“, entschuldige ich mich lahm.

„Und dann auch noch mit der geprellten Hüfte?“, fragt sie mich grinsend.

Die Frage war eindeutig nicht ganz ernst gemeint, trotzdem nicke ich. Tatsächlich nervt mich nicht nur die stickige Luft, sondern auch meine schmerzende Hüfte. Die Prellung hat mich eben beim Reiten nämlich so sehr gequält, dass wir nur ein bisschen getrabt und bloß ein einziges Mal kurz galoppiert sind. Seitdem zwickt und ärgert sie mich ohne Ende. Als wir eben die Pferde abgesattelt haben, hat's mir endgültig gereicht und ich hab glatt ein bisschen rumgejammert.

Trotzdem stemmt Maja jetzt die Hände in die Hüften. „Nun sei doch mal ehrlich: Das sind doch alles nur faule Ausreden. In Wirklichkeit denkst du die ganze Zeit über Arpad und Emily nach."

Ups, erwischt! Betreten schaue ich sie an.

„Wie sollte ich auch nicht?", verteidige ich mich. „Nachdem dein Bruder sich gestern so offensichtlich an Emily rangeschmissen hat ..."

„Du glaubst also echt, dass er in sie verknallt ist", stellt sie fest.

„Ja klar, weil ...", beginne ich. „Also, nachdem ich sie gestern zusammen gesehen habe, hatte ich kaum noch einen Zweifel. Seitdem kann ich an nichts anderes mehr denken. Letzte Nacht hab ich deswegen sogar miserabel geschlafen. Und jetzt bin ich müde, die Hitze und die Schmerzen in meiner Hüfte machen mich fertig, aber Arpad will und will mir nicht aus dem Kopf gehen. Wie soll ich mich denn da konzentrieren?"

Also ehrlich: Dieses blöde Verliebtsein geht mir tierisch auf die Nerven. Zurzeit bin ich nämlich entweder total durch den Wind oder schlecht drauf oder ich bin traurig, weil Arpad anscheinend nur noch Augen für Emily hat.

Maja zuckt die Achseln. „Nun nimm das Ganze mal nicht so schwer. Gestern hab ich mich nämlich auch ziemlich über Arpad gewundert. Darum hab ich ihn am Abend mal auf Emily angesprochen.“

„Und???“, rufe ich so laut, dass Amorio, der beim Grasen immer mehr in unsere Nähe gekommen ist, erschrocken den Kopf hochreißt.

Erst, als Maja mich verdutzt ansieht, wird mir klar, dass ich ihr linkes Handgelenk gepackt habe. Wie oberpeinlich! Ich spüre, dass ich rot anlaufe, und lasse sie ganz schnell wieder los. Trotzdem beginnen ihre Augen jetzt, verräterisch zu blitzen – ganz so, als würde sie mich am liebsten breit angrinsen.

Aber sie schafft es, ernst zu bleiben. „Du, der hat richtig sauer reagiert! Er hat mich gefragt, wie ich denn bloß darauf käme, dass er ausgerechnet auf ein Mädchen stehen könnte, das so mit ihren Pferden umgeht.“

„Genau das wüsste ich auch gern“, erkläre ich.

„Nun reg dich mal ab! Eigentlich ist ihm Emily total egal“, versichert sie schnell. „Es geht ihm nur um Amorio.“

„Ach …?“, murmele ich verdutzt. Damit hab ich jetzt nun wirklich nicht gerechnet. Trotzdem spüre ich, wie mir gerade ein dicker Stein vom Herzen fällt.

„Na klar“, versichert sie. „Arpad ist fest davon überzeugt, dass Emily dieses sensible Pferd durch den enormen Leistungsdruck, unter den sie es setzt, total überfordert. Er fürchtet sogar, dass sie damit auf Dauer eine Katastrophe heraufbeschwört. Amorio hat sich doch schon ein paar Mal durch dieses heftige Kopfschlagen gegen sie gewehrt.“

„Arpad denkt also, dass sie Amorio mit der Zeit verdirbt?", hake ich nach. „Du, damit könnte er absolut recht haben."

„Ja eben", bestätigt sie. „Das Ganze beschäftigt ihn so sehr, dass er sogar schon mit Papa darüber gesprochen hat. Aber der meint, dass man nicht viel machen kann. Amorio gehört nun mal Emily und die begeht auf den ersten Blick ja auch keine Tierquälerei: Ihre Pferde bekommen genug zu fressen und zu trinken, sie haben große, saubere Boxen und jeden Tag Auslauf auf der Weide oder im Paddock. Außerdem werden sie gut gepflegt und täglich geritten oder longiert, und wenn sie krank sind, kommt der Tierarzt. Man muss schon einiges von Pferden verstehen und dann auch noch genau hinsehen, um zu merken, dass da etwas ganz gehörig schiefläuft. Und weil das so ist, kann Arpad Amorio nur helfen, wenn er sich mit seiner Besitzerin anfreundet. Dabei ist es natürlich echt von Vorteil, dass sie sich in ihn verknallt hat."

„Das ist nicht zu übersehen", seufze ich.

„Eben", bestätigt sie grinsend. „Jedenfalls ist Arpad fest entschlossen, so viel Einfluss auf Emily auszuüben, wie er nur kann, damit sie Amorio mit der Zeit vielleicht doch noch fair behandelt. Übrigens weiß er genau: Der Hauptgrund, warum sie ihre Pferde so sehr unter Druck setzt, sind ihre Eltern."

Ich nicke. „Im Moment hat Emily ja Glück und landet oft auf den vorderen Plätzen. Übrigens war heute Morgen wieder mal ein Foto von ihr in der Zeitung, wie sie auf Amorio hinter dem Sieger und der Zweitplatzierten die Ehrenrunde reitet."

Maja verdreht die Augen. „Bestimmt hat ihr das ein Sonderlob von Papi eingebracht."

„Da würde ich drauf wetten", erkläre ich.

Okay, überlege ich. Arpad sagt, dass er nicht in Emily verknallt ist. Angeblich hat Amorio es ihm einfach nur genauso angetan wie mir. Na gut. Nun heißt das zwar noch lange nicht, dass Arpad mich genauso mag wie ich ihn. Aber wenigstens brauche ich mir nicht unbedingt etwas dabei zu denken, wenn er sich wieder mal mit Emily abgibt.

Ich atme tief durch und nehme mir vor, mich ab jetzt nicht mehr so stressen zu lassen. Stattdessen beobachte ich lieber Amorio, der gerade mit dem Huf scharrt, sich dann mit einem wohligen Seufzer ins Gras legt und so genüsslich wälzt, dass sich um ihn herum eine dicke Staubwolke bildet.

Und wenn Arpad doch in Emily verknallt ist?, kreisen meine Gedanken weiter. Vielleicht ist es ihm ja peinlich, dass er sich ausgerechnet in sie verliebt hat, und er hat Maja einfach nicht die Wahrheit gesagt.

Unaufhaltsam kriecht dieser Verdacht in mein von Hitze und Liebeskummer gemartertes Hirn. Gleichzeitig geht mir wieder durch den Kopf, wie ich Arpad und Emily erst neulich heimlich beobachtet habe. Da hat sie sich wegen dem „ungehorsamen" Amorio bei ihm ausgeheult und er hat ihr doch tatsächlich den Arm um die Schulter gelegt!

Was soll ich denn nun denken?, frage ich mich und streiche mir mit einer ungewollt heftigen Bewegung die verschwitzten Haare aus der Stirn.

Maja hat zum Glück nichts von meinem mühsam unterdrückten Gefühlsausbruch bemerkt, weil sie Amorio beobachtet hat, der sich gerade wieder von seinem Schmutzbad erhoben hat und nun kräftig den Staub aus seinem Fell schüttelt. Er wirft uns einen langen Blick zu, dann trottet er langsam zu uns herüber, bleibt dicht neben mir stehen und sieht mich auffordernd an.

„Möchtest du von mir gestreichelt werden?“, frage ich lächelnd, halte ihm meine Hand zum Schnuppern hin und beginne, ihn hinter den Ohren zu kraulen.

Er genießt es mit halb geschlossenen Augen … und dann legt er mir den Kopf auf die Schulter.

Ich bin so gerührt, dass ich die Tränen zurückhalten muss. Am liebsten würde ich jetzt meine Arme um ihn schlingen und ihn ganz fest drücken. Aber ich habe Angst, dass ich ihn damit erschrecken könnte, darum halte ich still und kraule ihn nur vorsichtig weiter.

„Du, der mag dich aber wirklich“, findet Maja, als er nach einiger Zeit seinen Kopf wieder wegnimmt. „Es sieht ganz so aus, als würde er sich absolut wohl bei dir fühlen.“

„Ja, und ich hab ihn auch total gerne“, gebe ich zu. „Manchmal hab ich deswegen sogar ein schlechtes Gewissen wegen Filou.“

„Unsinn“, widerspricht sie mir. „Du hast dein liebes Pony doch kein bisschen weniger gern, nur weil du Amorio auch magst. Eben erst hab ich beim Ausritt wieder gedacht, wie lieb du das alte Kerlchen hast und wie freundlich und rücksichtsvoll du mit ihm umgehst.“

Ich strahle sie an, denn das Lob tut mir richtig gut.

Dann lehne ich meinen Kopf für einen Moment an Amorios kräftigen Hals und schließe die Augen.

„Am liebsten würde ich ihm jetzt ein Leckerli geben", sage ich nach einer Weile. „Aber das geht ja nicht, weil ..."

„Weil er nun mal das Pferd von Emily ist, und fremden Pferden ein Leckerli zu geben, ist auf unserem Reiterhof streng verboten", beendet Maja meinen Satz. „Das ist ja auch absolut richtig so."

„Ja, ich weiß schon", seufze ich. „Pferde werden halt ganz schnell krank, wenn jeder ihnen etwas zu fressen zusteckt."

Während ich mich weiter mit Maja unterhalte, beginne ich, Amorio mit meiner rechten Hand am Mähnenkamm zu massieren. Mit einem wohligen Seufzer lässt er es geschehen und senkt dabei entspannt den Hals.

Plötzlich wispert mir Maja zu: „Achtung! Emily ist im Anmarsch!"

Ich lasse Amorio los und drehe mich um. Tatsächlich, da kommt sie – in Reithose und ärmellosem T-Shirt. Wie immer, wenn sie hofft, Arpad über den Weg zu laufen, ist sie geschminkt und durchgestylt, als ginge es auf einen Beauty-Contest für Reiterinnen. In ihrer Hand hält sie ein Halfter und einen Strick.

Ob sie wirklich bei dieser Hitze mit Amorio arbeiten will?, frage ich mich. Eigentlich hätte er heute doch eine Pause verdient. Immerhin muss er noch den Turnierstress von gestern verdauen.

Am liebsten würde ich sie das laut fragen, aber dann zwinge ich mich doch, den Mund zu halten. Denn Amorio ist nun mal Emilys Pferd und sie kann ihn reiten, wann sie will. Für sie bin ich sowieso nichts weiter als die dumme Besitzerin eines minderwertigen alten Ponys. Bestimmt wird sie nur sauer, wenn ich mich in ihre Angelegenheiten einmische. Und dann lässt sie ihren Ärger vielleicht an Amorio aus.

Na, wenigstens hat der sich gerade ordentlich schmutzig gemacht, denke ich hämisch. Da wird Emily ganz schön putzen müssen, bevor sie ihn reiten kann. Und das bei dieser Hitze ...

Ob sie meinen kritischen Gesichtsausdruck bemerkt hat? Wenn ja, hat sie ihn jedenfalls falsch gedeutet, denn sie begrüßt uns halbwegs freundlich mit einem kurzen „'n Morgen", und der Blick, den sie uns zuwirft, sagt eindeutig: Tja, so ein tolles Pferd wie ich hättet ihr wohl auch gerne!

Mit einer geschickten Bewegung klettert sie unter dem Zaun durch ... und Amorio weicht ein paar Schritte vor ihr zurück.

„He, was soll das?", zischt sie ärgerlich, doch dann wirft sie uns einen schnellen Blick zu, besinnt sich eines Besseren, kramt in der Tasche ihrer Reithose nach einem Stückchen Möhre und hält es ihm hin.

„Na also!", sagt sie zufrieden, als er näher kommt, das Leckerli aus ihrer Hand frisst und sich brav aufhalftern lässt.

Ich muss daran denken, was Maja eben gesagt hat, nämlich, dass Emily Gefahr läuft, Amorio mit der Zeit gegen sich aufzubringen. Hoffentlich war sein Zurückweichen nicht das erste Anzeichen dafür!

Da stupst mich Maja an. „Komm, wir müssen noch unsere Reitsachen wegräumen“, erinnert sie mich.

„Ja, richtig!“, antworte ich schnell. Dabei denke ich mir: Wahrscheinlich ist es sowieso besser, wenn wir hier verschwinden. Zwei, die ihr dabei zusehen, wie sie sich bei glühender Hitze mit ihrem lustlosen Pferd herumschlägt, kann Emily mit Sicherheit nicht brauchen.

Zwanzig Minuten später haben wir unsere Sachen weggeräumt und die Putzplätze sauber gekehrt. Maja hat sich schon per Fahrrad auf den Weg nach Hause gemacht, ich dagegen bin noch einmal unterwegs zu Filous Wiese, um mich mit einem allerletzten Leckerli von ihm zu verabschieden. Ich will ihm doch auf gar keinen Fall das Gefühl geben, dass ich ihn vernachlässige!

Eine Weile stehe ich noch bei ihm auf der Weide und kraule ihn an der Mähne. Dabei sehe ich, wie Emily mit Amorio am Zügel durch das kleine Tor kommt und in Richtung Reitplatz geht.

Verständnislos schüttele ich den Kopf. Der Reitplatz liegt zwar unter ein paar hohen Bäumen im Schatten, trotzdem finde ich es jetzt viel zu heiß zum Reiten. Wenn Emily wenigstens so vernünftig wäre, mit Amorio nur ein bisschen Bodenarbeit oder einen gemütlichen Ausritt im Schritt zu machen! Aber vor lauter Angst, dass er sich verletzen könnte, geht sie ja leider überhaupt nicht mit ihm ins Gelände. Stattdessen muss das arme Pferd jeden Tag seine immer gleichen Runden auf dem Reitplatz drehen.

Es wäre kein Wunder, wenn Amorio das irgendwann leid wäre, erst recht, wenn es weiterhin so heiß bleibt, denke ich traurig. Aber er ist halt Emilys Pferd. Und die muss wissen, was sie tut.

Liebevoll lege ich meinen Arm um den Hals meines Ponys und beobachte, wie Emily ihr Pferd auf den Reitplatz führt, den Sattelgurt nachzieht und mithilfe eines Hockers auf seinen Rücken steigt. Filou beginnt, gemütlich vor sich hin zu grasen, während Emily Amorio im Schritt am langen Zügel warm reitet. Ich dagegen bekomme einfach nicht genug vom Anblick dieses bildschönen Pferdes, dessen goldenes Fell bei jedem Schritt in der Sonne glänzt.

Nach ein paar Minuten nimmt Emily die Zügel auf; gehorsam hebt Amorio seinen Kopf und beugt seinen Hals, geht einen Zirkel, dann wieder geradeaus …

Da! Emily nimmt die Zügel noch ein wenig stärker an und Amorio schlägt heftig mit dem Kopf.

Oh nein, er wehrt sich schon wieder!, denke ich erschrocken.

„He! Lass das!" Emilys ärgerlicher Ausruf ist so laut, dass ich sie deutlich verstehen kann.

Gleichzeitig nimmt ein Gedanke in meinem Kopf Gestalt an: Vielleicht ist es gar nicht die Überforderung, gegen die Amorio so deutlich protestiert. Denn egal, wie heiß es ist, Emily und er stehen gerade erst am Anfang ihrer Arbeit. Viel eher kam es mir so vor, als hätte Amorio so merkwürdig auf das Annehmen des Zügels reagiert.

Ob ihm in diesem Moment vielleicht irgendetwas nicht gepasst hat?, frage ich mich. Dann müsste ich allerdings einmal mit Emily reden. Hm …

Aber nein, das wäre jetzt noch zu früh. Ich muss mir meiner Sache schon sicher sein, bevor ich mit ihr spreche.

Also nehme ich mir vor, Amorio ab jetzt öfter ganz genau zu beobachten. Und wenn sich mein Verdacht bestätigt, werde ich es zuerst einmal Maja und Arpad sagen.

Jetzt wird es jedenfalls Zeit, nach Hause zu fahren. Ich hab meiner Mutter nämlich versprochen, das Mittagessen zu kochen. Und meine Mathesachen für die Nachhilfestunde bei Maja muss ich auch noch raussuchen.

Ein letztes Mal streichele ich meinem Filou über den Hals, dann mache ich mich auf den Weg zu meinem Fahrrad.

„Wie wär's, wenn wir jetzt noch ein bisschen ins Freibad gehen?", schlägt mir Maja vor.

„Ja klar, warum nicht?", stimme ich ihr zu und stehe auf, um meine Mathesachen zusammenzupacken.

Es ist kurz nach fünf, wir haben immerhin zwei Stunden lang tapfer über unseren Büchern geschwitzt und ich hab dank Majas tatkräftiger Unterstützung das Allermeiste von dem komplizierten Zeug kapiert, das mir im vergangenen Schuljahr ein absolutes Rätsel geblieben ist. Die Abkühlung hab ich mir also echt verdient.

„Ich fahre nur noch schnell nach Hause, um meine Schwimmsachen zu holen, dann komme ich wieder bei dir vorbei, ja?", erkläre ich und stecke meine Hefte in die Schultasche.

Doch bevor Maja mir antworten kann, klopft es an der Tür.

„Komm nur rein, Arpad!“

Er drückt die Klinke hinunter, schiebt seinen Kopf durch den Spalt ... und als ich in seine dunklen Augen schaue, macht mein Herz sofort einen kleinen Hüpfer.

Zum Glück scheint er das nicht zu bemerken. „Aha. Wie ich sehe, seid ihr endlich fertig“, bemerkt er mit seinem typischen ironischen Unterton.

„Tja, im Gegensatz zu dir hängen wir nicht die ganzen Ferien lang faul ab, sondern sind fleißig“, gibt Maja ebenso spitz zurück.

„Faul? Von wegen“, brummt er. „Wie ihr wisst, fahre ich heute Abend noch zum Hof Buchental und reite unseren Favory. Aber vorher möchte Papa mit Zoe und mir reden. Leider hab ich keine Ahnung, worum es eigentlich geht.“

Oha, jetzt bin ich aber wirklich neugierig. Vielleicht will Attila noch einmal über meinen Einsatz als Stuntgirl sprechen. Oder geht es um die ersten Kunststücke, die er mit mir üben will?

Schnell stelle ich meine Tasche auf den Fußboden und folge Arpad und Maja die Treppe hinunter. Ich bin so gespannt, dass ich kaum bemerke, wie es wieder in meiner Hüfte zu zwicken beginnt.

Herr Erdelyi sitzt auf dem Sofa im Wohnzimmer und hat sein eingegipstes Bein auf einem niedrigen Hocker hochgelegt. Vor ihm auf dem Tisch liegen zwei vollgeschriebene Notizzettel.

Oha, offenbar hat er uns etwas Wichtiges zu erzählen, denke ich.

„Hallo“, begrüße ich ihn und setze mich ihm gegenüber in einen Sessel.

„Ich habe gleich zwei interessante Neuigkeiten“, erklärt er. „Die erste stammt von der Promotion-Idea GmbH, einer Firma, die Werbeclips produziert. Ihre Geschäftsstelle ist hier ganz in der Nähe und sie suchen einen Jungen und ein Mädchen, die in einem Werbefilm für einen Schokoriegel ein weißes und ein schwarzes Pferd reiten. Die beiden sollen das Motto verkörpern: *Dunkel und hell, Milch und Schokolade, eine geniale Mischung, einfach unzertrennlich* oder so ähnlich. Der Inhaber der Firma, Herr Gernerod, hat wohl irgendwie mitgekriegt, dass für die Stunts in *Das Erbe der Musketiere* zwei Jugendliche im Einsatz waren. Ohne dass wir etwas davon wussten, ist er zum Kloster Eiblwang gefahren und hat euch bei der Arbeit zugesehen – ausgerechnet an dem Tag, an dem Zoe und Arpad nebeneinander über das Stoppelfeld galoppiert sind.“

„Da sieh mal einer an“, murmele ich verdutzt. „Sagen Sie bloß, die wollen uns für den Schokoladen-Werbeclip engagieren.“

Er nickt. „Ja, tatsächlich. Herr Gernerod war von euch beiden regelrecht begeistert. Ihr hättet eine unglaubliche Stimmung rübergebracht, meinte er. Wenn ihr das auch in dem Werbeclip schaffen könntet, würde der superklasse. Außerdem ist Arpad genau der dunkle Typ, den er sich auf dem schwarzen Pferd vorgestellt hat. Zoe hat ja ohnehin blaue Augen und eher helle Haut und für die Dreharbeiten könnte sie über ihren dunkelblonden Haaren eine hellblonde Perücke tragen. Als ich ihm dann auch noch gesagt habe, dass uns nicht nur der weiße Favory, sondern auch noch ein schwarzer Friese namens Benno gehört, war er endgültig fest davon überzeugt, dass er euch beide und niemand anderen engagieren will. Das Ganze ist übrigens richtig gut bezahlt."

„Hurra!" Maja, die neben mir auf der Sessellehne sitzt, fällt mir um den Hals. „Ich hab's dir doch gesagt, Zoe: Der nächste Auftrag kommt bestimmt. Und jetzt sieh dir an, wie schnell das ging!"

Mir klopft vor lauter Aufregung das Herz bis zum Hals. „Bin ... bin ich wirklich schon wieder engagiert?"

Ich kann es einfach nicht glauben! Noch vor ein paar Wochen war ich einfach nur eine ganz gewöhnliche Freizeitreiterin, die einen Riesenspaß daran hatte, auf ihrem herzensguten, aber langsam alternden Pony über die Felder zu galoppieren. Dann habe ich die Erdelyis kennengelernt, hab in einem echten Hollywoodfilm mitgespielt ... und der ist kaum abgedreht, da soll ich schon in einem Werbeclip reiten!

Arpad strahlt übers ganze Gesicht und nickt heftig. „Ja, sie wollen dich haben ... und mich auch. Das ist echt total cool."

Sein Vater nickt. „Das finde ich auch."

„Ich frag mich nur: Wie kommen wir zu der Ehre?", überlege ich laut.

Attila lächelt. „Wisst ihr, erfahrungsgemäß ist es so: Es gibt nicht allzu viele Leute, die den Job eines Reiter-Stuntmans machen. Und wenn man sich einmal bewährt hat, erst recht bei einer so großen Sache wie bei einem

Hollywood-Film, spricht sich das in der Branche schnell herum. Dann ist es oft nur noch eine Frage der Zeit, bis man wieder für ein Projekt vor der Kamera steht. Dass es diesmal aber so schnell gehen würde – also, damit habe ich wirklich nicht gerechnet."

„Was sollen wir denn in dem Film machen?" frage ich ein bisschen unsicher. „Kann ich das überhaupt? Und müssen wir noch viel dafür üben?"

Er schüttelt den Kopf. „Aber nein. Ihr sollt euch nur in einer schönen Landschaft begegnen, aufeinander zureiten, euch verliebt anschauen und so tun, als würdet ihr euch küssen."

Wieder spielt ein leises Lächeln über sein Gesicht. „Dabei soll Zoe die weiße Milch verkörpern und auf Favory sitzen. Mein lieber Sohn dagegen spielt die dunkle Schokolade und reitet auf Benno."

Ich werde ein bisschen rot und werfe Arpad einen verlegenen Blick zu.

Der grinst breit. Doch als Maja meint: „Ich hab ja schon immer gewusst, dass mein Bruder ein ganz Süßer ist", kriegt auch er ein bisschen rote Wangen.

„Allerdings sollte Zoe in den nächsten Wochen so oft wie möglich Favory reiten, damit sie ihn gut kennenlernt", gibt Attila zu bedenken. „Die Dreharbeiten finden nämlich schon im September statt."

Ich soll mit Favory üben, diesem bildschönen, total gut gerittenen Lipizzanerhengst? Na ja, das macht Sinn. Trotzdem kann ich es im ersten Moment kaum glauben. „Sagt mal, traut ihr mir das wirklich zu?"

Er lächelt noch breiter. „Ja klar. Mit Sonjas Stuntpferd Xingaro bist du doch auch gut zurechtgekommen, oder?“

Okay, stimmt schon. Eigentlich war das viel einfacher gewesen, als ich es mir vorgestellt hatte, weil Xingaro so brav war und total sensibel auf jede Hilfe reagiert hat. Wir beide sind sogar mit Tempo über ein Stoppelfeld galoppiert und durch diesen gefährlich schäumenden Bach geritten.

Also gut, dann werde ich wohl auch mit Favory klarkommen, sage ich mir, obwohl mein Herz vor lauter Aufregung immer noch bis in meine Ohren wummert.

Aber dann fällt mir noch etwas Wichtiges ein. „Im September ist doch schon längst wieder Schule. Ich bin mir ganz und gar nicht sicher, ob meine Mutter es erlaubt, dass ich mir dafür ein paar Tage freinehme. Vor allem wegen Mathe ...“

Er nickt wieder. „Das mit der Schule habe ich Herrn Gernerod auch gesagt. Aber der ist sich sicher, dass wir den Clip in ein, zwei Tagen abdrehen können. Und er schlägt dafür ein Wochenende vor.“

Ich atme auf. „Na prima! Dann lässt Mama bestimmt mit sich reden. Ich werde sie gleich heute Abend darauf ansprechen.“

„In Ordnung“, erklärt er zufrieden. „Und dann hat heute Morgen außerdem noch Mrs Davenport, die zweite Regieassistentin von *Das Erbe der Musketiere,* angerufen. Sie will uns Ende August noch mal ins Kloster Eiblwang zu einem Nachdreh einbestellen. Und sie hat auch gleich Nägel mit Köpfen gemacht und mir die Termine genannt. Arpad, dich braucht man noch einmal für einen ziemlich handfesten Stunt, durch den das Ende des Films besonders dramatisch werden soll. Und du, Zoe, hast ja als Statistin die Zofe der Prinzessin gespielt. Mrs Davenport meinte, dabei seist du so gut rübergekommen, dass du nun noch eine kleine eigene Szene bekommst. Darin sollst du durch den Innenraum der Kirche von Kloster Eiblwang wuseln, um ihn für ein geheimes Treffen der Prinzessin mit ihrem heimlichen Geliebten Jean-Philippe d'Artagnan vorzubereiten."

Jetzt strahle ich endgültig über das ganze Gesicht. Eine eigene Szene, weil ich im Film so gut rüberkomme? Na, das ist ja eine tolle Überraschung! Dass ich so gut war, hab ich gar nicht gewusst!

Attilas Stimme unterbricht meine Gedanken. „Übrigens konnten sich die Leute vom Filmteam schon denken, dass ihr Schwierigkeiten wegen der Schule kriegen würdet. Darum haben sie die Dreharbeiten mit euch Jugendlichen schon von sich aus auf einen Samstag gelegt."

„Für was für eine Szene wollen die mich denn einsetzen?", fragt Arpad gespannt.

Prompt macht Attila ein Gesicht, als hätte er auf eine Zitrone gebissen.

Verwirrt runzelt Arpad die Stirn.

„Hm ... du hast doch bestimmt den steilen Hügel gesehen, der gleich hinter dem Kloster liegt", beginnt sein Vater vorsichtig.

Arpad nickt.

„Nun, also ... den solltest du eigentlich mit Favory hinunterreiten."

Arpad lehnt sich in seinem Sessel zurück und macht: „Puh!"

Oha, denke ich und krampfe meine Hände um die Sessellehnen. Den Abhang hab ich auch gesehen, auf dem Weg zu den Dreharbeiten sind wir ja oft genug daran vorbeigekommen. Der ist wirklich tierisch steil. So ein Stunt ist richtig gefährlich, für Arpad ebenso wie für Favory!

„Ich war aber absolut dagegen", sagt sein Vater ernst.

Plötzlich sitzt Arpad kerzengerade im Sessel, richtig beleidigt sieht er jetzt aus! Er wirft seinem Vater einen ernsten Blick zu und erklärt: „Der Abhang, den du vor einem Jahr mit Favory für den Fernsehkrimi hinuntergeritten bist, war ja wohl mindestens genauso steil. Damals hast du lange mit ihm dafür geübt, aber dann hat doch alles problemlos geklappt, oder?"

„Ja schon ...", beginnt Attila.

Aber Arpad unterbricht ihn: „Das heißt: Favory weiß, was er zu tun hat. Und ich wäre ja wohl nicht dein Sohn, wenn ich so einen Ritt nicht auch hinkriegen würde."

Sein Vater zieht die Augenbrauen hoch. „Ich habe der Regieassistentin schon gesagt, dass ich den Einsatz so nicht erlaube. Und sie hat sich darauf eingelassen. Sie werden eine flachere Stelle suchen und mir ein paar Tage vor Drehbeginn Fotos davon mailen, damit ich mein Einverständnis geben kann."

Arpad verschränkt die Arme vor der Brust und murmelt etwas Unverständliches.

„Dann wäre das ja geklärt", sagt Attila in einem Ton, der eindeutig keinen Widerspruch duldet.

Und zu meinem Erstaunen hält Arpad wirklich den Mund.

Da meldet mein Handy eine Nachricht von WhatsApp. Ich ziehe es aus der Tasche und werfe einen neugierigen Blick darauf. „Aha, Post von Travis“, erkläre ich erfreut und rufe sie auf.

„Was schreibt er denn?“, fragt die wie immer neugierige Maja.

„Er fragt, ob Arpad und ich beim Nachdreh im September auch dabei sind“, erkläre ich. „Sag mal, Arpad, was soll ich ihm denn schreiben?“

Aber ich bekomme keine Antwort. Denn ohne dass ich es bemerkt habe, ist Arpad aufgestanden und hat das Wohnzimmer verlassen.

Kapitel 4

Auf dem Rücken eines Hengstes

Ich darf wieder vor der Kamera stehen, und das gleich zweimal – erst in einer eigenen Szene für *Das Erbe der Musketiere* und dann sogar als „Heldin“ in einem Werbeclip. Beide Male wird man mich deutlich erkennen können, genauso wie eine richtige Schauspielerin! Außerdem werde ich ab jetzt ganz oft auf einem supertollen, braven Lipizzanerhengst namens Favory reiten.

Gerade bin ich per Fahrrad auf dem Weg zum Hof Buchental und ich bin so glücklich, dass ich ein fröhliches Liedchen vor mich hin pfeife.

Vor lauter Freude würde ich am liebsten laut losjubeln, denn vor ein paar Minuten hat Mama mir das alles definitiv und endgültig erlaubt. Gestern Abend hat sie deswegen noch mal mit Attila telefoniert und heute Morgen hat sie schon um halb neun den Produzenten von Promotion-Idea angerufen. Danach war sie endgültig einverstanden; sie hat mir sogar erzählt, dass Herr Gernerod mich über den grünen Klee gelobt hätte, weil ich seiner Meinung nach ein sehr hübsches Mädchen mit einer tollen Präsenz vor der Kamera sei.

„Der will dich wirklich unbedingt für den Werbeclip haben“, hat Mama gesagt und dabei hat sie vor Stolz gestrahlt.

Travis Lauter findet übrigens auch, dass ich vor der Kamera gut wirke. Und Arpad und Maja haben das sogar schon vor ein paar Wochen gemeint. Aber wenn das jetzt auch noch ein Werbefilm-Produzent über mich sagt, der mich kaum kennt ... Also, dann muss ich es ja wohl langsam glauben.

Dass ich in dem kleinen Film die „Milch“ verkörpern soll, finde ich allerdings ein bisschen komisch. Na gut, der Clip ist mit Sicherheit nicht ganz ernst gemeint. Auf jeden Fall werde ich mein Allerbestes geben. Und ich werde Arpad küssen. Wie er das wohl findet ...?

Ach, ist doch eigentlich egal! Zum ersten Mal seit Tagen hab ich das Gefühl, als wäre meine lästige Verliebtheit absolut Nebensache.

Gleich werde ich wirklich und wahrhaftig Favory reiten!, denke ich und trete noch ein bisschen fester in die Pedale. Als mein Fahrrad durch eine große Pfütze rollt und das Wasser bis auf mein T-Shirt spritzt, kann ich darüber nur lachen.

Zum Glück ist es heute zwar schön warm, aber nicht mehr so drückend heiß wie gestern, denn in der Nacht hat es ein Gewitter gegeben, und jetzt hängt der Himmel immer noch voller Wolken. Das ist zwar kein Super-Sommerwetter, aber wenigstens ganz gut zum Reiten.

Offenbar bin ich ziemlich früh dran, denn als ich mein Fahrrad an der Mauer der Scheune von Hof Buchental abgestellt habe, ist von Maja und Arpad noch weit und breit nichts zu sehen. Überhaupt ist der Hof an diesem Morgen mitten unter der Woche noch menschenleer.

Na gut, dann werde ich die Gelegenheit nutzen, um schnell mal bei Amorio vorbeizusehen.

Auch in der Stallgasse ist absolut nichts los, die Pferde malmen noch friedlich das Heu, das sie zum Frühstück bekommen haben. Schon von Weitem rufe ich Amorios Namen, prompt fährt sein Kopf hoch, dann begrüßt er mich mit einem leisen Grummeln und steckt seine Nase durch das Boxengitter.

Ich bin so gerührt, dass ich schlucken muss. Unwillkürlich fährt meine Hand in meine Hosentasche, in die ich vor dem Losfahren ein paar Stückchen Möhre gesteckt habe.

„Tja, eigentlich ist das ja verboten, und nicht ohne Grund. Aber egal …“, murmele ich vor mich hin, sehe mich noch einmal nach allen Seiten um und ziehe ein Leckerli aus der Tasche.

„Hier, das ist für dich“, sage ich zu ihm, dann halte ich ihm das Möhrenstückchen hin.

Er nimmt es mit seinen weichen Lippen von meiner Hand und ich sehe ihm dabei zu, wie er es genüsslich zerkaut. Ach, wie gerne würde ich jetzt in seine Box gehen, um ihn richtig streicheln zu können!

Warum eigentlich nicht? Es sieht mich doch keiner. Und selbst wenn … Okay, es ist wahrscheinlich nicht wirklich erlaubt, aber ich tue Amorio doch nichts Böses!

Also gut. Ich öffne die Boxentür – und dann steht er vor mir, mit gespitzten Ohren schaut er mich an, ich streichele über sein golden glänzendes Fell, kraule ihn im Genick, dann unter dem Kinn …

Und dann muss ich noch einmal schlucken. Denn Amorio legt mir wieder den Kopf auf die Schulter, ganz leicht und ganz zärtlich.

Ich bin so gerührt, dass meine Stimme glatt ein bisschen zittrig klingt. „Ja, du … du bist ein ganz Braver. Und ich hab dich doch auch lieb“, sage ich unsicher und streichele über seine Nase, die immer noch dicht an meinem Gesicht ist.

Doch da fährt sein Kopf hoch; angespannt schaut er auf die Stallgasse. Ich spähe durch die Gitterstäbe und entdecke Maja und Arpad. Mit Favorys Putzzeug, Halfter und Strick bewaffnet kommen sie auf mich zu und strahlen mich an.

„Ihr beide habt euch aber wirklich gern“, stellt Arpad fest.

„Wir haben uns ja gleich gedacht, dass du hier steckst, als wir dich nicht an Filous Box gefunden haben“, ergänzt seine Schwester.

„Maja hat mir schon gesagt, dass deine Mutter mit allem einverstanden ist“, erklärt Arpad, denn ich habe seiner Schwester vor dem Losradeln eine SMS geschickt.

„Du, ich bin ja so froh, dass sie Ja gesagt hat“, erwidere ich strahlend.

Er nickt nur und meint: „Umso wichtiger ist es, dass du dich ab heute ein bisschen besser mit Favory bekannt machst. Also los, fangen wir an?“

„Ja klar“, sage ich fröhlich, streichele Amorio noch einmal zärtlich über den Hals und verlasse seine Box. „Ich gehe nur noch kurz zu Filou, um ihm eine Möhre vorbeizubringen, dann komme ich.“

Ein paar Minuten später marschiere ich eilig zu dem großen Laufstall, in dem Favory und Benno untergebracht sind. Zu dritt putzen wir den Lipizzaner. Arpad striegelt ihn, ich bürste und Maja kratzt seine Hufe aus.

Als wir Favory gesattelt und aufgetrenst zur Reithalle führen, bin ich trotz meiner Vorfreude ziemlich aufgeregt.

Cool bleiben!, ermahne ich mich. Favory ist doch ein ganz lieber Kerl.

Aber er ist trotzdem ein Hengst, erinnert mich eine nervöse Stimme in meinem Inneren. Und Hengste sollen alle irgendwie rebellisch und ungehorsam sein.

Bei Favory und Benno hab ich so was aber noch nie erlebt, widerspreche ich mir selbst.

Dennoch werde ich bei jedem Schritt unruhiger. Als wir die Reithalle erreicht haben, hab ich sogar schwitzige Hände.

Offenbar fällt Arpad auf, dass irgendwas nicht in Ordnung ist. „Was ist denn los mit dir?“, fragt er mich irritiert.

„Ich hab noch nie einen Hengst geritten“, gestehe ich. Ärgerlicherweise klingt meine Stimme viel kleinlauter, als ich es gewollt habe.

„Mach dir nichts draus“, erklärt er gelassen. „Hengste sind auch nur Pferde.“

„Genau wie Jungs auch nur Menschen sind“, ergänzt Maja grinsend, was ihr einen Rippenstoß von ihrem Bruder einbringt. Dann drückt Arpad ihr Favorys Zügel in die Hand und öffnet das große Tor der Halle.

„Allerdings muss man mit den meisten Hengsten strenger sein als mit Stuten oder Wallachen“, erklärt mir Maja.

„Sie versuchen nämlich noch viel öfter, sich gegen ihre Reiter durchzusetzen, als andere Pferde."

Ich nicke nur, denn mit so was hab ich irgendwie gerechnet.

„Sieh mal", meint Arpad. „In frei lebenden Pferdeherden hat der Leithengst das Sagen. Aber wenn sie von Raubtieren gehetzt werden, bilden die Hengste das Schlusslicht der Herde. So schützen sie die anderen Pferde vor einem Angriff. Außerdem kämpfen sie miteinander um Stuten oder um die Rangfolge in ihrer Herde. Für all das brauchen sie jede Menge Mut und eine gehörige Portion Aggression."

„Ganz genau", bestätigt Maja, während sie Favory in die Halle führt. „Aber ihr Verhalten wird meistens erst dann heftig und unberechenbar, wenn ein Hengst den ganzen Tag in einer engen Box dahinvegetieren muss, wenn er sich also nicht frei bewegen kann und keinen Kontakt zu anderen Pferden hat. Das ist bei unserem Favory aber nun wirklich nicht der Fall."

„Schwierig wird es auch, wenn Hengste in die Nähe einer rossigen Stute kommen", ergänzt Arpad. „Dann können sie manchmal regelrecht den Kopf verlieren." Er zuckt die Achseln. „Man hat dann beinahe den Eindruck, dass sie gar nicht mehr so genau wissen, was sie tun. Papa sagt, dann wäre sogar ihr Schmerzempfinden reduziert."

„Aha", sage ich nur, denn mir ist gerade endgültig das Herz in die Hose gerutscht.

Maja bleibt mit Favory in der Mitte der Halle stehen. „Wenn man einen Hengst aber kastriert, ihm also in einer kleinen Operation die Hoden entfernt, lässt seine Angriffslust innerhalb weniger Wochen nach. Dann ist er ein Wallach und die sind oft sogar noch braver als Stuten."

„So wie dein lieber Filou oder wie Abendstern, Emilys ehemaliges Dressurpferd", fügt Arpad hinzu. „Übrigens hab ich gehört, dass es ihm bei Frau Eilbacher total gut gehen soll."

„Worauf du dich verlassen kannst", erkläre ich. „Die beiden sind letzte Woche zweimal mit Birte, Janine und Paulina ausgeritten. Abendstern muss total brav gewesen sein, obwohl Emily in den zwei Jahren, in denen er ihr gehört hat, nicht ein einziges Mal mit ihm ins Gelände gegangen ist. Frau Eilbacher war überglücklich; angeblich will sie jetzt nur noch ausreiten. Wie Paulina mir erzählt hat, hat sie sich das am Samstag sogar schon ganz alleine getraut. Und es soll alles prima geklappt haben."

Lächelnd krault Maja Favorys Mähne. „Das kann ich mir gut vorstellen. Abendstern hat dabei bestimmt auch jede Menge Spaß."

„Ausreiten ist sowieso was anderes, als jeden Tag stupide die immer gleichen Runden auf dem Reitplatz zu drehen", findet Arpad. „Ich verstehe nicht, warum Emily ihren Pferden so was antut."

Dass ausgerechnet du das sagst …, denke ich und mein Herz macht einen kleinen Freudenhüpfer.

„Sie kennt es nicht anders", wendet Maja ein. „Vermutlich hat sie über das, was sie macht, noch nie ernsthaft nachgedacht. Bestimmt hält sie es für völlig normal."

„Und Reiter wie Birte oder mich, die nicht so megaehrgeizig sind und lieber mit ihren Ponys ausreiten, statt mit ihnen auf Turnieren zu starten, findet sie unnormal, oder wie?", frage ich ein bisschen beleidigt.

„Vielleicht", meint Arpad. „Aber um zu Favory zurückzukommen: Wenn du ihn reitest, brauchst du dir eigentlich keine Sorgen zu machen. Er ist nämlich schon von Natur aus ein ganz lieber Kerl, außerdem ist er sehr gut erzogen, er hat in seinem Laufstall genug Bewegungsfreiheit und die Gesellschaft von seinem Kumpel Benno. Darum ist er zufrieden und ausgeglichen."

„Trotzdem solltest du immer besonders aufmerksam sein, wenn du ihn reitest", ermahnt mich seine Schwester. „Bei Hengsten ist es nämlich besonders wichtig, dass man jeden kleinen Ungehorsam sofort streng ahndet, sonst wächst er sich ganz schnell zu immer stärkerem Protest aus."

Wenn Arpads Worte mich ein bisschen beruhigt haben, dann hat Maja mich prompt wieder nervös gemacht. „Soll ich ihn etwa verprügeln, wenn er nicht sofort macht, was ich von ihm verlange?", frage ich heftiger, als es meine Absicht war.

„Natürlich nicht", antwortet Arpad entrüstet. „Das wäre ein totaler Fehler. Wichtig ist nur, dass du jede Kleinigkeit sofort bemerkst und entsprechend reagierst. Falls Favory nicht schneller geht, wenn du ihn treibst, tippst du ihn halt einmal mit der Gerte an. Und wenn er nicht aufpasst, ermahnst du ihn mit ein, zwei deutlichen Worten. Mehr wird bei ihm gar nicht nötig sein, vermute ich."

„Außerdem: Wir sind ja auch noch da", ergänzt Maja,

die wohl meine Verunsicherung bemerkt hat. Dann geht sie zurück an den Eingang, neben dem jede Menge Gerten hängen, und holt mir eine lange Dressurpeitsche.

Ja, Gott sei Dank seid ihr da, denke ich. Trotzdem wummert mein Herz inzwischen bis zum Hals.

Da stehe ich nun neben dem kräftigen Lipizzanerhengst und werfe einen ängstlichen Blick in seine dunklen Augen. Aber sie spiegeln nur eine tiefe Ruhe und freundliches Interesse wider.

„Also gut“, murmele ich, setze meine Reitkappe auf, trete entschlossen neben den Sattel, stelle die Steigbügelriemen auf die richtige Länge ein, will den linken Fuß in den Steigbügel schieben ...

Mist! Favory ist ein Stückchen größer als mein Pony Filou. Außerdem bin ich so aufgeregt, dass ich weiche Knie habe und mein Fuß wieder aus dem Steigbügel herausrutscht.

Na gut, dann versuche ich es halt noch mal.

Wenn Arpad mir nur nicht die ganze Zeit über zusehen würde! Und warum fängt er denn jetzt so blöde an zu grinsen?

„Nachgurten!“, ermahnt er mich mit amüsiert-gönnerhaftem Ton.

Ach so, na klar! Das hätte ich wirklich beinahe vergessen. Und dann wäre beim Aufsteigen mit Sicherheit der Sattel verrutscht. Wie oberpeinlich!

Verdammt noch mal, Zoe, nun sei doch nicht so nervös!, ermahne ich mich, während ich den Sattelgurt enger ziehe. Du kennst Favory doch schon seit ein paar Monaten. Und in der ganzen Zeit hat er wirklich noch nie Ärger gemacht, nicht mal in der fremden Umgebung von Kloster Eiblwang oder bei den hektischen Dreharbeiten.

Ich atme noch einmal tief durch, dann versuche ich es wieder mit dem Aufsteigen.

Diesmal klappt es. Ein wenig ängstlich und mit immer noch wild pochendem Herzen sitze ich auf dem ungewohnt breiten Rücken von Favory … und sehe Herrn Sattler, der draußen vor der Halle seine beiden Zuchtstuten zur Weide führt.

Deutlich spüre ich, wie sich Favorys kräftige Muskeln anspannen, und mir bricht endgültig der Schweiß aus. Was hat Arpad gerade noch mal über Hengste gesagt, die Stuten riechen …?

Da stößt Favory sein lautes, tiefes Hengstwiehern aus, so heftig, dass mein ganzer Körper vibriert.

Am liebsten würde ich jetzt aus dem Sattel springen und davonlaufen. Aber ich beiße die Zähne zusammen. Ich will doch unbedingt bei den Werbeaufnahmen mitmachen!

„Cool bleiben! Siehst du? Favory bleibt ganz brav stehen", ermahnt mich Arpad, der immer noch neben uns steht, mit betont ruhiger Stimme.

„Denk daran: Du darfst keine Schwäche zeigen", erinnert mich Maja und reicht mir die Gerte.

„Ist ja schon gut", murmele ich verlegen. Und dabei denke ich mir: Also gut. Zoe, da musst du jetzt durch.

Noch einmal atme ich tief durch, dann setze ich mich gerade hin, nehme die Zügel auf und lege meine Beine an Favorys Bauch.

Er geht tatsächlich los! In langsamem Schritt und mit gesenktem Kopf marschiert er zum Rand der Bahn, wendet ab und geht auf dem Hufschlag weiter. Ich nehme seine Zügel leicht an, weil ich mich nicht traue, sie ganz durchhängen zu lassen. Deutlich spüre ich die kräftigen Muskeln, die sich bei jedem von Favorys Schritten bewegen. Schon jetzt merke ich: Diesen Hengst zu reiten, ist wirklich etwas ganz anderes, als im Sattel meines braven, alten Filou zu sitzen.

Bei dieser Erkenntnis wird mir doch glatt ein bisschen flau im Magen. Trotzdem zwinge ich mich dazu, entspannt, aber gerade im Sattel zu sitzen und den Pferdekopf, der im Takt der Schritte auf und ab wippt, keine Sekunde aus den Augen zu lassen.

Und es passiert … nichts.

Nichts, während ich Favory einige Minuten im ruhigen Schritt aufwärme. Und auch nichts, als ich ein paarmal die Seiten wechsele. Sogar, als ich die Zügel richtig aufnehme und den Hengst an den langen Seiten mit Schenkelweichen lockere, bleibt er ganz ruhig und gehorsam.

Wie feinfühlig er ist!, denke ich, als ich mich einfach nur ein bisschen gerade hinsetze, leise „Steeeeh!“ murmele und er sofort anhält. Favory verhält sich wirklich genauso wie Sonja Strobens Stuntpferd Xingaro, das ich manchmal während der Dreharbeiten zu *Das Erbe der Musketiere* reiten durfte.

Er kaut an seinem Gebiss, mit dem ich jetzt vorsichtig spiele, er beugt seinen Hals und gehorcht wirklich auf jedes Kommando. Trotzdem macht mir die ungeheure Energie, die dieses muskulöse Tier ausstrahlt, ein bisschen Angst. Hoffentlich spürt Favory nicht, was ich fühle! Heißt es nicht sogar, dass Pferde Furcht riechen können?

„Ich finde, du solltest jetzt mal antraben", schlägt Arpad vor.

Total lässig, mit vor der Brust verschränkten Armen, steht er in der Mitte der Bahn. Sieht er denn gar nicht, wie verunsichert ich bin? Oder will er es nicht sehen?

Unwillkürlich überlege ich, was Emily jetzt wohl an meiner Stelle machen würde. Bestimmt würde sie sich tierisch zusammenreißen, um bloß nicht in Arpads Achtung zu sinken.

Da schießt mir ein Gedanke durch den Kopf: Was ist, wenn Emily gar nicht nur sauer auf Amorio ist, sondern wenn sie richtig Angst vor seinem merkwürdigen Kopfwerfen hat? Trotzdem hat sie es immer und immer wieder mit ihm versucht, ja, sie ist sogar am Sonntag mit ihm aufs Turnier gegangen!

Wenn Emily sich so viel traut, dann hab ich jetzt auch Mut, nehme ich mir vor und setze mich noch gerader in den Sattel.

„Wie ist es, legst du los?", fragt Arpad. Das belustigte Lächeln, das dabei wieder mal um seinen Mund spielt, bringt mich langsam zur Weißglut.

„Okay", sage ich dennoch mit betont ruhiger Stimme. „Dann will ich mal."

Vorsichtig, aber entschlossen lege ich meine Unterschenkel an Favorys Bauch. Doch er reagiert nicht.

Was mach ich denn jetzt bloß …? Cool bleiben, Zoe!

Ich klopfe ein bisschen kräftiger mit meinen Fersen an – und tatsächlich, Favory wird schneller. Mit ruhigen, gleichmäßigen Schritten trabt er durch die Bahn und kaut dabei sogar locker an seinem Gebiss, mit dem ich jetzt wieder behutsam spiele. Wir drehen eine Runde, dann zwei und schließlich drei. Allmählich registriere ich, dass seine Bewegungen nicht viel mit den schwingenden, raumgreifenden Schritten eines Warmblüters gemeinsam haben. Aber man kann sie auch nicht mit den wiegenden Zuckelschritten meines gemütlichen Pony-Opas Filou vergleichen. Favorys Bewegungen haben etwas ganz Eigenes: Sie sind kürzer als die eines Sportpferdes, aber auch locker und entspannt und zugleich fest und sicher. Vor allem aber ist er so unglaublich sensibel! Als ich mich versehentlich ein bisschen nach rechts lehne, trabt er sofort ein paar Schritte in Richtung Bahnmitte.

„Gut gemacht!“, lobt mich Arpad.

Das war gar keine Absicht, hätte ich fast geantwortet, doch im letzten Moment beiße ich mir auf die Zunge. Besser, ich lasse ihn in seinem Glauben.

Probeweise setze ich mich betont gerade hin und schaue nach links und prompt trabt Favory zurück auf den Hufschlag.

„Braaaver Junge!“, lobe ich ihn. Meine Nervosität legt sich ein bisschen; allmählich macht es mir Spaß, auf seinem Rücken zu sitzen.

Eine halbe Stunde lang reite ich noch mit ihm im Schritt und im Trab. Am Ende üben wir sogar, aus dem Stand anzutraben oder genau neben Arpad anzuhalten und sofort wieder loszureiten. Weil alles wie am Schnürchen klappt, gewöhne ich mich allmählich sogar an die geballte Kraft, die sich unter meiner Regie mit erstaunlicher Leichtigkeit bewegt.

Als Arpad zu mir sagt: „Ich glaube, das reicht für heute“, bin ich glatt ein bisschen enttäuscht. Aber ich bin auch erleichtert, weil Arpad heute nicht von mir verlangt hat, mit Favory zu galoppieren.

„Bestimmt darf ich bald wieder auf dir reiten“, sage ich leise zu ihm, während ich ihm den Hals klopfe und ihn zur Entspannung noch ein bisschen im Schritt gehen lasse. Erst, als er schon ein paar Runden gelaufen ist, fällt mir auf, dass ich diesmal sogar den Mut gehabt habe, ihm die Zügel richtig lang zu lassen.

Ich glaube, für das erste Mal war ich ziemlich gut, denke ich und bin glatt ein bisschen stolz. Vor meinem inneren Auge sehe ich mich schon mit Favory an einer Kamera vorbei über ein Stoppelfeld galoppieren. Ich trage ein romantisches weißes Kleid, die blonden Haare meiner Perücke wehen im Wind, Favory beugt elegant seinen muskulösen Hals, weit greifen seine Beine aus, während nicht allzu weit entfernt, unter einem Apfelbaum voller rot glänzender Früchte, Arpad auf Benno auf mich wartet. Gleich wird er mir entgegenreiten und dann …

„Amorio, nein! Verdammt noch mal!“ Emilys erschrockene Stimme reißt mich aus meinem Tagtraum. Ich wende den Kopf und recke mich, um durch das offene Tor der Reithalle auf den Reitplatz sehen zu können.

Tatsächlich, da ist Emily. Und sie sitzt wirklich im Sattel

von Amorio, der mit unruhig schlagendem Schweif durch die Bahn trabt.

Oha! Ich hab mich wohl so sehr auf Favory konzentriert, dass ich die beiden bis jetzt gar nicht bemerkt habe.

Eilig gehen Arpad und Maja zur Bande, stellen sich auf die Zehenspitzen und schauen gespannt zu den beiden hinüber.

„Was ist denn los?“, rufe ich ihnen zu.

Arpad schaut mich über seine Schulter an. „Amorio hat wieder mit dem Kopf geworfen. Daraufhin hat Emily ihm im Maul geruckt – und da ist er doch tatsächlich ein bisschen gestiegen. Kein Wunder, dass er so reagiert. Warum muss sie ihn denn auch so hart rannehmen?“

Irgendetwas stimmt nicht mit Amorio. Er braucht Hilfe!

Schon einmal ist mir dieser Gedanke durch den Kopf geschossen – damals, als ich Amorio zum allersten Mal auf dem Reitplatz gesehen habe. Und jetzt denke ich es wieder, ja, ich habe sogar das ganz starke Gefühl: Amorio wirft den Kopf, weil er Schmerzen hat!

Aber ich sage trotzdem nichts. Denn Arpad versteht so viel mehr von Pferden als ich. Er hat bestimmt recht mit seiner Vermutung, dass Amorio sich wehrt, weil Emily ihn total überfordert. Darum steige ich lieber vom Pferd und kümmere mich um Favory, der mich heute so erstaunlich brav getragen hat.

Zwanzig Minuten später haben wir ihn abgesattelt, ihm die Hufe ausgekratzt, seine Beine zur Abkühlung mit kaltem Wasser abgespritzt und ihn in den Laufstall zurückgebracht. Jetzt lehnen wir an der Bande des Reitplatzes und sehen Emily zu, die gerade auf dem inzwischen zwar gehorsamen, aber unruhig mit dem Schweif schlagenden Amorio einen punktgenauen Zirkel galoppiert. Danach klopft sie ihm mit einem nicht gerade zufriedenen Gesichtsausdruck den Hals, lässt ihn ein paar Runden traben und dann am langen Zügel im Schritt gehen.

„Sie sieht immer noch ziemlich geschockt aus", stellt Maja flüsternd fest.

„Ist ja auch kein Wunder", antwortet Arpad ebenso leise. „Amorio war endlich ein paar Tage lang brav; sie ist mit ihm auf ihrem ersten Turnier sogar prompt auf den dritten Platz geritten. Bestimmt war sie fest davon überzeugt, dass er seine rebellische Phase hinter sich hat. Und jetzt fängt er schon wieder an, sich zu wehren."

„Dabei hat sie eben gar nichts Besonderes von ihm verlangt, das hab ich deutlich gesehen", stellt seine Schwester fest.

„Tja", meint Arpad, dann sagt er laut zu Emily. „Amorio hat mal wieder Unsinn gemacht, hm?"

„Ja, leider", antwortet sie mit zittriger Stimme. „Dabei ... dabei hab ich doch gar nichts Schlimmes getan. Ich hab nur die Zügel ein bisschen mehr angenommen, weil er bei meiner ersten Hilfe nicht sofort stehen bleiben wollte. Da hat er mit dem Kopf geschlagen. Und als ich ihn bestraft habe, da ... da wäre er fast gestiegen."

Arpad schüttelt den Kopf. „Was hast du denn gestern mit ihm gemacht?"

Sie zuckt die Achseln. „Eigentlich nichts Besonderes.

Ich hab mit ihm die L-Dressuraufgabe geübt, die wir demnächst auf dem Reitturnier in Eschendorf reiten sollen."

Mist! Eschendorf ist so weit von hier entfernt, dass ich unmöglich mit dem Fahrrad oder dem Bus dorthin fahren und zusehen kann, denke ich frustriert.

„Vielleicht war ihm das Training zu viel. Er ist doch erst vor zwei Tagen mit dir auf seiner ersten Turnierprüfung gestartet. Da war er bestimmt noch müde und überreizt", überlegt Arpad laut. „Besser, du hättest ihn nur ein bisschen longiert oder ihn ganz in Ruhe gelassen."

Ich stupse Arpad mit dem Ellenbogen an. „Gestern hat Amorio auch schon mit dem Kopf geschlagen", flüstere ich ihm zu.

Emily will Arpad offenbar nicht recht geben, denn sie widerspricht: „Aber wir müssen doch trainieren. Wenn wir fleißig sind, werden wir vielleicht Zweite oder wir gewinnen den Wettbewerb sogar."

„Vielleicht hat Amorio aber auch Schmerzen." Die Worte sind heraus, bevor ich richtig darüber nachgedacht habe.

Verdutzt sieht Emily mich an. „Wie kommst du denn darauf?"

„Äh, also …", beginne ich.

Verdammt noch mal, warum hab ich denn nicht einfach den Mund gehalten?

„Na ja, es ist eher so ein Gefühl, weil …"

Ja, warum eigentlich?

Ich atme tief durch. „Weil er immer so plötzlich den Kopf schüttelt, ganz ohne Vorwarnung. Und danach läuft er jedes Mal so verspannt … Also, ich denke, dass ihm kurz vorher auf einmal etwas sehr wehtut. Und dass er sich danach einfach davor fürchtet, dass der Schmerz wiederkommt."

Der Blick, den Emily mir zuwirft, ist geradezu verächtlich. „Schmerzen? Das kann ja wohl absolut nicht sein. Wir haben doch erst vor ein paar Wochen bei Amorio eine gründliche Ankaufsuntersuchung machen lassen. Der Tierarzt hat sogar Amorios Beine geröntgt und seinen Rücken. Aber alles war in bester Ordnung, Amorio hat sogar die Note *gut bis sehr gut* bekommen. Die kriegt längst nicht jedes Pferd. Sogar Abendstern hatte nur eine *Zwei* und er hat mir bis auf eine leichte Kolik nie Probleme gemacht."

Das muss nicht unbedingt etwas heißen, denke ich. Meine Mutter ist ja Tierheilpraktikerin. Wie oft findet sie eine Krankheit bei einem Tier, das ein Tierarzt nur ein paar Tage vorher mit seinen Methoden für „völlig gesund" erklärt hat? Und wie oft holt sie sich Rat bei einem befreundeten Tierarzt, weil sie alleine nicht mehr weiterweiß? Amorio braucht nur irgendwo Schmerzen zu haben, wo der Tierarzt nicht routinemäßig untersucht, und schon …

Ich öffne den Mund, um etwas zu sagen, aber Maja kommt mir zuvor. „Du, was Zoe sagt, ist absolut möglich. Kein Tierarzt kann überall hinschauen, auch ein Fachmann kann mal was übersehen."

Doch Emily schüttelt ärgerlich den Kopf. „Unsinn! Die Untersuchung hat Dr. Wohlgemut gemacht. Der ist sogar Fachtierarzt für Pferde. Er ist hier in der Gegend eine bekannte Kapazität. Jemand, der so einen guten Namen hat, übersieht nichts. Da bin ich mir absolut sicher."

Maja zuckt die Achseln. „Okay, wenn du meinst ..."

„Jawohl, das meine ich", entgegnet Emily aufgebracht. „Außerdem tun wir für Amorio wirklich eine Menge, wir lassen ihn von dem besten Tierarzt der Gegend untersuchen, bringen ihn in einem top Reitstall unter, kaufen für ihn das beste Zusatzfutter für Leistungspferde und sorgen dafür, dass er genügend Bewegung und freien Auslauf hat. Dafür verlangen wir nicht mehr von ihm, als dass er die Leistung bringt, zu der er aufgrund seiner Dressurbegabung nun mal fähig ist. Aber genau das tut er nicht und ihr findet dafür immer neue Entschuldigungen. Zuerst soll er überfordert sein und jetzt hat er angeblich sogar Schmerzen. Vielleicht kommt ihr irgendwann sogar auf die Idee, dass er nur deswegen so ungehorsam ist, weil er mich nicht mag!"

Da könntest du vielleicht sogar recht haben, denke ich. Aber ich sage nichts, ja, ich kriege sogar ein schlechtes Gewissen. Denn jetzt fängt Emily doch tatsächlich an zu weinen.

Zoe, nun halt mal besser den Mund, sage ich mir. Weil du ja auch nicht sicher weißt, was los ist. Das mit den Schmerzen war ja nur so ein Eindruck – oder sollte man besser sagen: Es war nur so eine Idee?

Vielleicht hab ich mich einfach nicht genug in Emily hineinversetzt. Sie hat nämlich schon irgendwie recht: Auf ihre Art gibt sie sich wirklich viel Mühe. Und bestimmt hat sie inzwischen ein bisschen Angst vor Amorio. Sie kann einem ehrlich leidtun. Aber ich stehe am Zaun und rede wie eine totale Besserwisserin auf sie ein.

Doch schon im nächsten Moment möchte ich ihr am liebsten an die Gurgel gehen. Weil Arpad jetzt nämlich unter dem Zaun hindurchklettert. Er geht zu Emily hinüber, die ihr Pferd in der Mitte der Bahn angehalten hat und leise schluchzend aus dem Sattel gleitet. Arpad nimmt Amorio am Zügel, klopft Emily tröstend auf die Schulter und meint in beruhigendem Ton: „Ist ja schon gut. Komm, ich helfe dir beim Absatteln."

In trauter Zweisamkeit verlassen die beiden nebeneinander den Reitplatz; ich schaue ihnen nach und in mir beginnt wieder die Eifersucht hochzukochen.

Da gibt mir Maja einen Rippenstoß. „Nun guck doch nicht so düster!", wispert sie mir zu. „Glaub mir, Arpad weiß, was er tut! Er versucht nur wegen Amorio, an Emily heranzukommen. Da bin ich mir ganz sicher."

Das tröstet mich ein bisschen.

Okay, sage ich mir. Wahrscheinlich trübt mir dieses nervige Verliebtsein die Sicht.

„Na los", fordert mich Maja auf. „Wir wollten doch noch mit Benno und Filou ausreiten. Und ich soll spätestens um drei Uhr zu Hause sein, weil Mama heute Abend endlich mal keine Theatervorstellung hat und mit mir neue Klamotten kaufen gehen will. Wir müssen uns beeilen, sonst schaffe ich das nicht."

Alles klar. Ich hole Filou von der Weide und putze ihn, während Maja den schwarzen Friesen Benno sauber macht. Eine Dreiviertelstunde später traben wir schon über einen langen Grasweg in Richtung Wald. Über uns singt eine Lerche, die Luft riecht nach Blumen und nach den ersten frisch abgeernteten Stoppelfeldern, wir galoppieren über einen grasbewachsenen Waldweg, lassen unsere Pferde ein paarmal im Schritt durch große Pfützen patschen und reden wieder mal über die Dreharbeiten. Das Ganze macht einen Heidenspaß, denn meine geprellte Hüfte quält mich längst nicht mehr so, und allmählich muss ich nicht mehr ständig daran denken, dass Arpad jetzt vielleicht immer noch bei Emily sitzt und sie tröstet.

Maja wird schon recht haben, denke ich irgendwann, als Filou nach unserem zweiten Galopp wieder Schritt geht. Arpad will bestimmt gar nichts von Emily. Er möchte einfach nur Amorio helfen.

Und überhaupt, verliebt sein ist doof! Es gibt überhaupt keinen Grund, mir davon die Freude an diesem wunderschönen Ausritt kaputt machen zu lassen. Und damit basta!

„Du meinst, dass Amorio Schmerzen hat?", fragt Mama, während wir abends zusammen am Tisch sitzen und Schnitzel mit Salat und Bratkartoffeln essen.

Am frühen Nachmittag hab ich mir nur schnell ein Butterbrot und einen Apfel genommen, hab danach geduscht und die Spülmaschine ausgeräumt und bin mit unserem Hund Hektor spazieren gegangen. Dabei hab ich noch mal über Amorio nachgedacht – und ich habe beschlossen, einmal in Ruhe mit meiner Mutter über ihn zu reden.

Und genau das hab ich gerade gemacht.

Ich zucke die Achseln. „Du, ich bin mir ja nicht sicher. Aber ich hab ihn ein paarmal beobachtet. Er geht manchmal so steif und verspannt und dann wirft er plötzlich den Kopf. Heute ist er sogar ein bisschen gestiegen, als Emily ihn im Maul geruckt hat. Das haben wenigstens Maja und Arpad gesagt. Ich hab's nicht mitgekriegt, weil ich ja auf Favory geritten bin."

Nachdenklich runzelt sie die Stirn. „Ich bin in den letzten Wochen nicht oft im Reitstall gewesen, weil du mit Filou bei den Dreharbeiten warst. Darum habe ich nur ein einziges Mal gesehen, wie Emily Amorio geritten ist. Er ist wirklich ein tolles Pferd. Aber ich habe auch bemerkt, wie merkwürdig verspannt er sich bewegt. Und ich hatte die gleiche Idee wie Arpad, nämlich, dass Amorio noch ganz neu auf Hof Buchental ist und Emily gleich viel zu viel von ihm verlangt. Darauf, dass er vielleicht Schmerzen hat, bin ich eigentlich nicht gekommen. Auf den ersten Blick hat er auf mich wirklich einen völlig gesunden Eindruck gemacht. Hmm ..."

„Könntest du ihn nicht mal genauer untersuchen?", schlage ich vor.

„Ach, Zoe", seufzt sie. „Das kann ich leider nicht machen, weil Amorio nicht uns gehört, sondern den Münzkötters. Und die lassen mich garantiert nicht an ihr Pferd ran. Sie haben mich nämlich schon ein paarmal deutlich spüren lassen, dass sie nichts von Tierheilpraktikern halten, weil wir nun mal kein Studium und keinen Doktortitel haben. Die machen sich einfach nicht klar, dass wir teilweise mit ganz anderen Methoden arbeiten als Tierärzte und darum in vielen Fällen eine sinnvolle Ergänzung zu den normalen Tiermedizinern sind."

„Und du kannst wirklich gar nichts machen?", frage ich sie noch einmal.

Sie wiegt den Kopf. „Ich kann mir Amorio einmal unauffällig auf der Weide oder in seiner Box ansehen. Und ich kann ihm zuschauen, wenn ich zufällig mitbekomme, dass Emily auf ihm reitet. Aber ihn richtig untersuchen … nein, das kann und das darf ich nie und nimmer ohne die Erlaubnis der Münzkötters. Aber ich verspreche dir, dass ich die Augen offen halten werde."

„Danke, Mami!", rufe ich aus, nehme sie in den Arm und drücke sie ganz fest.

Kapitel 5

Eine fatale Entscheidung

„Na siehst du“, sage ich, lehne mich an die Wand von Amorios Box und streichele voller Erleichterung sein goldenes Fell.

Es ist der Montagmorgen nach Emilys Turnier in Eschenborn. Und vor einer halben Stunde habe ich beim Frühstück in der Zeitung gelesen, dass sie gestern mit Amorio den zweiten Platz bei der L-Dressur gewonnen hat! Danach hab ich ganz schnell den Tisch abgeräumt und bin hierhergefahren.

Da hat Emily ja wohl echt Glück gehabt! Nach dem, was ich in den letzten Tagen so mitgekriegt habe, hat Amorio immer wieder den Kopf geworfen, einmal hat er sogar wieder versucht zu steigen. Ich fürchte, Emily hat inzwischen richtig Angst vor ihm. Trotzdem setzt sie sich jeden Tag von Neuem auf seinen Rücken und versucht geradezu verbissen, mit ihm klarzukommen.

Amorio tut mir immer mehr leid. Wenn das noch lange so weitergeht, werden er und Emily nämlich nie und nimmer ein gutes Team. Dabei ist er so ein netter Kerl, ein richtiger Schmusebär! Ich habe ihn von Herzen gern. Wie oft hab ich in der letzten Zeit in seiner Box oder an seiner Weide gestanden, jedes Mal ist er dann zu mir gekommen und hat sich streicheln lassen. Oft hat er dann sogar sein Kinn auf meine Schulter gelegt.

Ob Emily auch manchmal mit ihm schmust? Gesehen habe ich das jedenfalls noch nie.

In der Zwischenzeit hat meine Mutter sich Amorio einmal von der Stallgasse aus in seiner Box angesehen, aber wieder hat sie aus der Entfernung nichts Auffälliges an ihm bemerkt. Außerdem hat sie ihn und Emily mal beim Reiten beobachtet. Aber gerade an dem Tag war er die ganze Zeit brav und entspannt.

„Meiner Meinung nach hat Arpad recht. Ich halte Amorios merkwürdiges Verhalten auch für ein Zeichen von Überforderung", hat sie mir danach gesagt. „Vielleicht legt sich das Ganze ja noch, wenn er sich erst mal richtig auf Hof Buchental eingelebt und an Emily gewöhnt hat. Dafür hätte der arme Kerl allerdings wesentlich bessere Chancen, wenn sie behutsamer mit ihm umgehen würde."

Traurig hab ich meine Mutter angesehen. „Ja, und was soll ich jetzt machen?"

„Gar nichts", hat sie geantwortet. „Amorio gehört dir nun mal nicht. Ich weiß, dass es dir schwerfällt, aber mach dir bitte nicht so viele Sorgen um ihn. Er wird sich mit der Zeit wahrscheinlich mit Emily zusammenraufen. Und wenn nicht, wird sie ihn halt irgendwann wieder verkaufen. Vielleicht findet er dann sogar einen besseren Besitzer, nämlich jemanden, der dieses sensible Pferd nicht unter Druck setzt und ihm mehr Zeit lässt, sich an ihn zu gewöhnen. Das wäre nicht mal das Schlechteste, oder? Sieh doch mal, wie gut es Abendstern bei Frau Eilbacher angetroffen hat."

Da hat sie recht. Der brave Wallach ist unter seiner neuen Besitzerin regelrecht aufgeblüht. Wenn sie ihn reitet, spult er nicht einfach nur wie eine Maschine seine Aufgaben ab, sondern er ist mit Feuereifer bei der Sache und gibt sich richtig Mühe. Frau Eilbacher ist als Reiterin zwar längst nicht so gut ausgebildet wie Emily, trotzdem geht es Abendstern bei ihr viel besser.

Andererseits hab ich Amorio so gern, dass mir der Gedanke, er könnte Hof Buchental wieder verlassen, ordentlich zu schaffen macht.

Aber im Moment sieht es ja auch gar nicht so aus, als müsse er von hier weg. Schließlich hat Emily gestern wieder einen guten Platz mit ihm geholt. Darüber bin ich echt froh und erleichtert!

Ich glaube, Amorio spürt das. Jetzt steht er jedenfalls mit halb geschlossenen Augen regungslos da und genießt, dass ich ihn liebevoll an der Mähne kraule.

„Das magst du, nicht wahr?“, sage ich zu ihm. „Ach, wenn du doch mir gehören würdest! Dann würde ich gemütlich mit dir ausreiten, ein bisschen Bodenarbeit machen und dich ansonsten einfach in Ruhe lassen. Na gut, vielleicht würde ich mit der Zeit versuchen, so etwas wie ein Stuntpferd aus dir zu machen. Aber all das würde ich wirklich nur ganz langsam tun, immer nur solange es dir Spaß macht. Wie fändest du das, hm?“

Amorio steht immer noch ganz still, nur sein Schweif schlägt manchmal nach einer Fliege.

„Aber ich hab leider kein Geld, um dich zu kaufen“, erkläre ich ihm traurig. „Du bist bestimmt wahnsinnig teuer und auf meinem Sparbuch sind nur dreihundertvierundneunzig Euro und achtundsechzig Cent. Damit könnte ich mir wahrscheinlich nicht mal ein altes Pony wie meinen guten Filou leisten."

Plötzlich hebt Amorio seinen schönen Kopf, mit gespitzten Ohren schaut er zur Tür. Ich sehe in die gleiche Richtung und erkenne, dass draußen auf dem Hof ein großes schwarzes Auto anhält.

„Mist, ich glaube, da kommt Emily", flüstere ich. „Sie darf mich auf keinen Fall bei dir sehen, sonst ernte ich bestimmt einen fiesen Kommentar."

Die Beifahrertür des schwarzen Autos geht auf und Emily steigt aus.

Was mach ich denn jetzt? Eilig sehe ich mich um.

Die Box schräg gegenüber, in der eine von Herrn Sattlers Zuchtstuten steht, ist leer, offenbar hat er sein Pferd schon auf die Weide gebracht. Also kann ich mich dort verstecken.

Eilig verlasse ich Amorios Stall, gehe hinüber, ducke mich hinter die Boxenwand und spähe vorsichtig zu Amorio hinaus.

Kurze Zeit später kommt Emily mit Putzkasten, Halfter und Strick bewaffnet in die Stallgasse.

Amorios Ohren beginnen, unruhig hin und her zu spielen.

„'n Morgen!", begrüßt sie ihn nicht unbedingt freundlich. Dann hängt sie Halfter und Strick an die Box ihres Springpferdes Sunrise, das gleich nebenan steht, und geht zu Amorio hinüber.

Der legt die Ohren an. Als sie die Box öffnet, geht er sogar rückwärts! Erst, als Emily eine Möhre aus der Tasche ihrer Reithose zieht, kommt er fast widerwillig zu ihr. Sie hält ihm den Leckerbissen hin und meint in einem beinahe verächtlichen Ton: „Du brauchst dich gar nicht so anzustellen. Ich weiß doch, wie bestechlich du bist."

Fast schon nachlässig klopft sie ihm kurz den Hals, dann geht sie zu Sunrise hinüber und steckt ihm ebenfalls eine Mohrrübe zu. Freundlich redet sie mit ihm, während sie zu ihm in die Box geht, ihm das Halfter überzieht und ihn über die Stallgasse ins Freie führt.

Ich hocke in meinem Versteck und presse zornig die Zähne aufeinander.

Mama hat unrecht, denke ich. Amorio und Emily werden sich nicht zusammenraufen. Amorio hat doch schon jetzt eine Abneigung gegen Emily. Und solange die so verächtlich mit ihm umgeht, wird sich das ganz sicher nicht ändern.

Vorsichtshalber warte ich ein Weilchen ab. Dann sehe ich mich noch einmal um, stehe auf und werfe Amorio einen bedauernden Blick zu. Am liebsten würde ich noch mal zu ihm an die Box gehen, aber das ist mir jetzt zu gefährlich.

„Mach's gut, du armer Kerl!", flüstere ich ihm zu, schleiche zum Ausgang und luge um die Ecke.

In ein paar Metern Entfernung hat Emily Sunrise an einem Ring in der Wand angebunden. Sie bürstet ihm gerade die Kruppe und wendet mir dabei den Rücken zu.

Alles klar!, denke ich erleichtert, schleiche auf Zehenspitzen zur Tür hinaus und gehe mit entspannten Schritten in Richtung Sattelkammer. Dabei lasse ich Emily nicht aus den Augen. Aber sie dreht sich nicht einmal um, sondern bürstet ihren Sunrise fertig. Danach geht sie zu ihrem Putzkasten.

Endgültig geschafft!, denke ich erleichtert. Jetzt werde ich erst mal meinen Pony-Schatz Filou sauber machen.

Bestimmt werden Arpad und Maja hier bald aufkreuzen, wir wollen nämlich alle drei zusammen ausreiten. Allerdings wird Maja diesmal auf meinem Pony sitzen, denn ich werde heute zum ersten Mal mit Favory ins Gelände gehen.

Bei diesem Gedanken werde ich mal wieder nervös. Nicht, dass Favory mir in den letzten Tagen einen Grund dafür gegeben hätte. Allerdings war ich auch jede Sekunde, die ich in seinem Sattel gesessen habe, voll bei der Sache; ich habe ihm nicht die kleinste Kleinigkeit durchgehen lassen. Dennoch macht mir die enorme Kraft, die ich nach wie vor in seinem muskulösen Körper fühle, immer noch ein bisschen Angst. Wenn er einmal richtig losbuckelt oder wenn er eine rossige Stute riecht und die Beherrschung verliert … Was soll ich dann bloß machen?

Trotz der leisen Furcht, die ich immer noch spüre, bleibe ich beim Reiten inzwischen ziemlich ruhig. Arpad und Maja sind ja bei mir; sie wissen, was zu tun ist, und werden mir im Notfall helfen.

Ich hole meinen eigenen Putzkasten samt Halfter und Strick aus der Sattelkammer und gehe damit zu Filous Box. Als ich die Stallgasse betrete, hebt mein liebes Pony den Kopf und schaut mir, an ein paar Strohhalmen kauend, aufmerksam entgegen.

„Hallo, mein Liebling“, sage ich, gehe in seine Box und gebe ihm ein Stück Apfel. Dabei kommt mir ein Gedanke: Was würde ich jetzt wohl tun, wenn Filou gerade genauso vor mir zurückgewichen wäre wie Amorio eben bei Emily?

Bestimmt würde ich einen Riesenschrecken kriegen und mir den Kopf darüber zerbrechen, was denn wohl zwischen uns falsch gelaufen wäre. Auf jeden Fall würde ich Mama deswegen um Rat fragen. Und Arpad und Maja. Wahrscheinlich auch Herrn oder Frau Sattler. Doch auf gar keinen Fall würde ich deswegen so verächtlich mit Filou reden, wie Emily das eben mit ihrem Pferd gemacht hat.

Aber Amorio gehört mir nicht. Darum werde ich jetzt auch nicht mehr an ihn denken, sondern an mein liebes Pony. Filou hat es nämlich nicht verdient, dass ich mir Sorgen um ein anderes Pferd mache, während ich bei ihm bin.

Ich lasse meine Hand noch einmal in die Tasche meiner Reithose wandern, gebe meinem Pony ein zweites Stück Apfel und streichele es ausgiebig.

Bestimmt riecht Filou, dass ich gerade schon ein anderes Pferd gestreichelt habe, denke ich dabei mit einem leicht schlechten Gewissen. Aber na ja, vielleicht ist das gar nicht so schlimm. Hauptsache, Filou spürt, wie gern ich ihn habe.

Nach einer Weile ziehe ich ihm vorsichtig sein Halfter über und führe ihn über die Stallgasse auf den Hof.

Emily hat gerade ihrem Pferd den Sattel aufgelegt. Jetzt dreht sie sich um und endlich bemerkt sie mich.

„Guten Morgen“, begrüße ich sie freundlich.

„Hallo", antwortet sie und schenkt mir ein flüchtiges Lächeln. „Ich habe dich gar nicht kommen hören. Denn ich war so mit Sunrise beschäftigt. Der hat mit mir übrigens am Wochenende den vierten Platz im A-Springen gemacht. Und mit Amorio habe ich gestern in unserer zweiten L-Dressur gleich den zweiten Preis abgesahnt."

„Herzlichen Glückwunsch", gratuliere ich freundlich.

Doch dabei denke ich: Wie stolz sie auf ihre Platzierungen ist! Dagegen scheint es ihr gar nicht viel auszumachen, dass Amorio ihr eben so deutlich seine Abneigung gezeigt hat.

Ich binde Filou in ein paar Metern Entfernung an einem anderen Ring in der Mauer fest und beginne mit dem Striegeln.

Als ich eine Dreiviertelstunde später Maja und Arpad beim Putzen von Favory und Benno helfe, erzähle ich ihnen von dem, was ich gerade mit Amorio und Emily erlebt habe.

„Das klingt aber gar nicht gut", meint Maja, während sie Bennos schwarzen Schweif verliest.

„Nee, ganz und gar nicht", bestätigt Arpad, der Favory die Hufe auskratzt, während ich ihn bürste. „Wenn ich Emily so beim Reiten beobachte, kommt es mir glatt so vor, als ob sie ein bisschen Angst vor Amorio hätte."

„Dann muss sie sich aber möglichst schnell in den Griff kriegen, sonst wird es irgendwann gefährlich", gibt Maja zu bedenken. „Ein Pferd merkt doch, wenn man sich fürchtet. Und bei einem Menschen, der Angst hat, fühlt es sich nicht sicher."

Arpad nickt: „Ein Pferd, das sich nicht sicher fühlt, wird schnell rebellisch. Aber ich gebe die Hoffnung nicht auf. Amorio gehört Emily doch erst seit ein paar Wochen. Die beiden brauchen halt einfach noch ein bisschen Zeit."

„Hoffentlich hast du recht", murmele ich, während ich mit der Bürste über Favorys runde Kruppe streiche. Denn mein Gefühl sagt mir etwas anderes, nämlich, dass bei Amorio und Emily irgendwas so richtig schiefläuft.

Aber na gut, ich kann mich irren. Oh, hoffentlich tue ich das!

Eine halbe Stunde später hab ich keine Zeit mehr, über Amorio und Emily nachzudenken. Denn ich reite auf Favory hinter Benno mit Arpad her in Richtung Wald. Dass Filou in seinem wiegenden Zuckelschritt hinter mir geht und nicht ich selbst in seinem Sattel sitze, ist ein komisches Gefühl. Und Maja war eben beim Aufsteigen glatt ein bisschen nervös.

Immer wieder sehe ich mich nach den beiden um. Doch alles scheint gut zu gehen: Filou, der Maja nun ja schon recht gut kennt, marschiert mit entspannt gesenktem Kopf hinter uns her.

Konzentriere dich gefälligst auf Favory!, ermahne ich mich zum x-ten Mal, drehe mich schnell wieder um und schaue auf den muskulösen Hals des weißen Hengstes, auf dessen Rücken ich sitze. Aber Favory ist ganz ruhig; Arpad ist ja bei ihm und Maja auch. Das gibt ihm offenbar viel Sicherheit – genau wie mir.

Arpad kann sich wohl denken, wie aufgeregt ich bin,

denn er reitet eine halbe Stunde lang im Schritt. Allmählich legt sich meine Nervosität, ja, ich beginne den Ausritt sogar zu genießen. Als wir im Wald eine längere Strecke über einen federnd weichen Weg traben, muss ich Favory allerdings ziemlich zurückhalten, weil er Benno unbedingt überholen will und mächtig vorwärtsdrängelt. Davon abgesehen bleibt er aber brav; nur einmal macht er einen erschrockenen Satz, als plötzlich dicht neben ihm ein Hase aufspringt und die Flucht ergreift. Doch selbst dann halte ich mich wacker und habe ihn ganz schnell wieder im Griff.

Trotzdem bin ich erleichtert, als wir nach einem fast zweistündigen, ruhigen Ausritt über die steinerne Brücke zurück zum Hof Buchental reiten.

„Na also, hat doch prima geklappt", urteilt Maja, als wir abgestiegen sind und auf ein Tor in der Mauer des Hofes zugehen, durch das ein schmaler Weg an den Weiden entlang direkt zum Reitplatz und von dort in den Innenhof führt.

Arpad öffnet es. „Ich finde, wir könnten morgen gleich noch mal ..."

„Was ist?", frage ich, weil er nicht zu Ende spricht.

Ohne zu antworten, führt er Benno durch das Tor. Favory und ich folgen ihm ... und dann bleibt mir fast das Herz stehen. Denn auf dem Reitplatz reitet Emily auf einem schweißbedeckten, hektisch mit dem Schweif schlagenden Amorio, der gerade heftig den Kopf schüttelt. Energisch drückt ihm Emily ihre sporenbewehrten Absätze in die Seite, Amorio macht einen Satz und trabt steif weiter. „Das wird ja immer schlimmer!“, murmele ich erschrocken, da wirft Amorio schon wieder den Kopf, Emily stößt einen Wutschrei aus, ruckt kräftig an den Zügeln – und Amorio steigt kerzengerade auf seine Hinterbeine!

Emily schreit auf, rutscht aus dem Sattel und fällt zu Boden.

„Halt ihn mal!“, stößt Arpad hervor, drückt mir Bennos Zügel in die Hand und rennt los in Richtung Emily, die still am Boden liegt, während Amorio wild buckelnd und mit umherfliegenden Zügeln über den Reitplatz tobt.

Da stehe ich nun – und mir wird mulmig, weil ich plötzlich zwei Hengste an den Zügeln festhalte. Unsicher geht mein Blick von Benno zu Favory und wieder zurück, dabei sehe ich aus den Augenwinkeln, wie Maja eilig Filous Zügel um einen Baumstumpf knotet und dann schnell zu mir herüberkommt.

„Geh und versuch, Amorio einzufangen! Ich kümmere mich um unsere Pferde“, sagt sie dabei zu mir.

Maja hat recht. Eigentlich dürfte sie Filou ja nicht an seinen Zügeln festbinden, aber was sollen wir machen?

Ich überlasse ihr die Hengste und spurte los, in Richtung Amorio. Der hat sich gerade mit seinem linken Vorderbein in seinem Zügel verheddert; schweißnass und mit schmerzhaft geöffnetem Maul steht er da, seine vor Angst weit aufgerissenen Augen flehen regelrecht um Hilfe.

Wie wird er reagieren, wenn ich ihm jetzt zu helfen versuche? Wird er panisch wegrennen, mich vielleicht sogar angreifen?

Nein, das wird er nicht, versuche ich mich zu beruhigen. Er wird mir bestimmt einfach nur dankbar sein, weil ich ihm helfe. Keine Angst, Zoe, du schaffst das schon!

Jetzt bin ich am Reitplatz angekommen und zwinge mich, langsamer zu gehen. Dabei rede ich Amorio gut zu: „Ruhig, mein Guter. Ich bin ja da. Gleich bist du frei."

Wenn meine Stimme nur nicht so zittrig klingen würde!

Tatsächlich steht Amorio immer noch still da, aber es bleibt ihm ja auch kaum etwas anderes übrig. Ich nehme all meinen Mut zusammen, betrete den Reitplatz und gehe langsam auf ihn zu. Dann stehe ich vor ihm, höchstens zwei Schritte entfernt.

Soll ich es wagen? Was ist, wenn er in seiner Not durchdreht und wirklich irgendwelchen Blödsinn macht?

Aber es hilft alles nichts. Ich will … ja, ich muss Amorio helfen. Darum werde ich es versuchen.

Vorsichtig trete ich noch einen Schritt vor und umfasse den gespannten Zügel, genau dort, wo die Schnalle die beiden Zügelhälften zusammenhält. Ich lasse Amorio nicht aus den Augen, bücke mich aber mit wild wummerndem Herzen, hantiere hektisch an der Schnalle herum – und schaffe es tatsächlich, sie zu öffnen. Ohne den Zügel loszulassen, trete ich ganz schnell einen Schritt zur Seite.

Aber Amorio macht keinen panischen Satz. Eigentlich tut er gar nichts. Er steht einfach nur ganz still, dann stößt er einen tiefen, erleichterten Seufzer aus und senkt seinen Kopf.

„Ist ja gut, du armer Kerl", sage ich, strecke vorsichtig

meine Hand aus und streichele beinahe schüchtern über seinen verschwitzten Hals. Er tut mir so unendlich leid!

Gleichzeitig schiele ich zu Emily hinüber, die sich gerade leise schluchzend aufrichtet. Arpad hockt neben ihr und redet ihr leise und beruhigend zu.

„Kannst du aufstehen?“, fragt er sie.

„Ich … ich glaube schon“, antwortet sie zögernd.

„Gut, dann lass es uns versuchen“, schlägt er vor.

Als sie nickt, fasst er sie unter den Achseln und zieht sie vorsichtig hoch.

Da steht sie nun, unsicher und mit tränennassem Gesicht.

„Na also“, seufze ich erleichtert.

Arpad fasst sie am linken Arm und führt sie zu der Umzäunung des Reitplatzes, wo sie sich an einen Balken klammert und richtig zu weinen beginnt.

Da erklingt plötzlich die Stimme von Herrn Sattler: „Was ist denn hier los?“

Er jagt mir einen Schrecken ein, denn ich hab ihn gar nicht kommen hören.

Aber ich bin heilfroh, dass er jetzt mit schnellen Schritten auf uns zukommt. Eilig erkläre ich ihm, was passiert ist, dann drücke ich ihm Amorios Zügel in die Hand und gehe zu Emily und Arpad hinüber.

Der hat sein Handy aus der Tasche gezogen und telefoniert. „Ja, hallo Frau Münzkötter, hier ist Arpad Erdelyi. Amorio hat gerade Emily abgeworfen … ja … nein, ihr ist nichts Schlimmes passiert. Aber sie hat einen ziemlichen Schock, fürchte ich, und sie sagt, ihr sei ein bisschen schlecht. Vielleicht kommt das ja nur von dem Schrecken, vielleicht hat sie aber auch so was wie eine leichte Gehirnerschütterung. Darum wäre es vielleicht besser, wenn Sie sie abholen und mit ihr zum Arzt gehen … Natürlich bleiben wir solange bei ihr, ist doch klar. Also, bis gleich!"

Er schaltet sein Handy aus, dann legt er Emily tröstend die Hand auf die Schulter. „Na komm, ist doch alles gut gegangen."

Sie wischt sich mit der Hand über das Gesicht. „Ja … ja, schon. Aber … Amorio ist richtig gestiegen, ich hab total die Gewalt über ihn verloren, konnte gar nichts mehr machen. So was … so was ist mir noch mit keinem Pferd passiert. Und es … es war so furchtbar." Wieder weint sie los.

Da nimmt Arpad sie in den Arm.

Ich erstarre zur Salzsäule.

Ist schon okay, er macht jetzt genau das Richtige, versuche ich mir zu sagen und bin glatt ein bisschen sauer auf mich, weil sogar in dieser Situation schon wieder die Eifersucht in mir hochkocht. Verdammt noch mal, warum hab ich mich denn auch ausgerechnet in Arpad Erdelyi verknallt?

Ein paar Minuten später gehe ich hinter Emily her, die, von Arpad gestützt, langsam und ein bisschen beschwerlich in Richtung Hof humpelt. Arpad führt sie zu der Bank unter der alten Linde und hilft ihr, sich hinzusetzen.

„Wie geht's dir?", fragt er, wobei er meiner Meinung nach viel zu besorgt klingt.

„Mein rechter Fuß tut weh", gesteht sie mit immer noch wackeliger Stimme. „Und mein Ellenbogen auch."

Inzwischen weiß ich nicht mehr, ob sie mir nun leidtun oder ob ich mich über sie ärgern soll. Na gut, sie hat einen ziemlichen Schrecken gekriegt und sich ordentlich wehgetan. Trotzdem: So heftig, wie Amorio eben gestiegen ist, hätte alles noch viel schlimmer kommen können. Muss sie sich denn da so anstellen?

Da kommt Maja durch das kleine Tor in den Hof. „Ich hab Favory und Benno in den Laufstall gebracht und Filou zu seinen Kameraden auf die Weide gestellt", erklärt sie und legt Emily eine Hand auf die Schulter. „Und ich bin heilfroh, dass du schon wieder auf den Beinen bist."

Die nickt. „Ja, es war … es war einfach nur furchtbar. Warum hat Amorio das nur gemacht? Ich … ich gebe mir doch alle Mühe mit ihm. Wieso … wieso will er mir denn nicht gehorchen?"

„Du hast schon recht, das war wirklich sehr gefährlich", erklärt Arpad verständnisvoll. „Steigen ist der schlimmste Ungehorsam, den ein Pferd sich leisten kann. Irgendwas muss in der letzten Zeit bei euch beiden akut schiefgelaufen sein."

„Ja genau", unterstütze ich ihn. „Und jetzt müssen wir herausfinden, was …"

Da rollt mit ziemlichem Tempo der schwarze Mercedes der Münzkötters auf den Hof. Staub wirbelt auf, als das Auto bremst, dann springen Emilys Eltern heraus und laufen auf uns zu.

„Mein armes Kind, wie geht es dir?", ruft Frau Münzkötter ihr zu.

Nun sind die beiden bei ihr. Sie beugen sich über sie und Frau Münzkötter streichelt ihrer Tochter tröstend über das Haar.

Da kommt Herr Sattler aus Amorios Stall und geht mit schnellen Schritten auf uns zu.

Ernst sieht Herr Münzkötter ihn an. „Was ist denn nun genau passiert?"

Mit leiser, betont ruhiger Stimme erzählt Herr Sattler, was er beobachtet hat: „Amorio hat wieder mit dem Kopfschütteln angefangen, Emily ist ungeduldig geworden und hat ihm im Maul geruckt. Da ist er kerzengerade gestiegen, ganz plötzlich und ohne Vorwarnung."

Ärgerlich schüttelt Herr Münzkötter den Kopf. „Eine Unsumme haben wir für dieses Pferd ausgegeben. Bestens ausgebildet sollte es sein und brav wie ein Lamm außerdem. Wir dachten wirklich, dass wir das ideale Pferd für sie gefunden hätten. Dabei macht es unserer Tochter nur Schwierigkeiten."

Herr Sattler seufzt. „Was mag nur in Amorio vorgegangen sein?"

„Amorio hat einen Grund für sein Verhalten. Das hat er sogar ganz bestimmt", erkläre ich schnell.

Emily lächelt schief. „Zoe glaubt, dass er irgendwo Schmerzen hat. Dabei hat Dr. Wohlgemut ihn doch von Kopf bis Huf untersucht."

Ernst sieht Herr Münzkötter mich an. „Liebe Zoe, mit dir geht wohl die Fantasie durch. Dieser Tierarzt ist eine Kapazität. Wenn Amorio ein Problem hat, hätte er das ja wohl gemerkt."

Dann wendet er sich wieder Herrn Sattler zu. „Mir reicht es jedenfalls mit diesem Pferd. Wir müssen miteinander reden."

Seine Worte fahren mir durch Mark und Bein. Steif vor Schrecken sehe ich zu, wie er unseren Reitlehrer zur Seite führt und leise mit ihm spricht. Angespannt spitze ich die Ohren, kann aber nur ein paar Worte von dem verstehen, was er sagt, nämlich: „Sie glauben also auch … Amorio gefährlich … keine Chance … also gut … verkaufen."

Dann kommt er wieder zu seiner Tochter herüber, nimmt sie an der Hand und hilft ihr beim Aufstehen.

Ich möchte etwas sagen, irgendwas, das ihn vielleicht noch umstimmen könnte. Aber ich bin so geschockt, dass mir die Stimme wegbleibt. Mit offenem Mund starre ich den Münzkötters nach, wie sie ihre Tochter zum Auto führen und ihr helfen, sich hineinzusetzen.

„Danke noch mal für alles!", ruft Emilys Vater uns zu, dann steigt er ein, schlägt die Tür zu und lässt den Motor an.

Fassungslos sehe ich dem Auto nach, das langsam vom Hof fährt.

Habe ich das überhaupt richtig verstanden? Oh hoffentlich, hoffentlich habe ich mich verhört!

Aber nein, das habe ich nicht. Denn nun meint Arpad bedrückt: „Tja, das war's dann wohl mit Emily und Amorio. Die Münzkötters werden ihn verkaufen."

„Nein!", rufe ich aus. „Das können … das dürfen sie nicht tun!"

„Du hast Amorio richtig gern, nicht wahr?" Mitfühlend

legt Herr Sattler mir die Hand auf die Schulter. „Trotzdem haben die Münzkötters aus ihrer Sicht völlig recht. Amorio ist für die ehrgeizige Emily nämlich viel zu sensibel. Die beiden passen einfach nicht zusammen. Und was Emily heute geschehen ist, das war richtig, richtig gefährlich. Besser, sie trennt sich jetzt von ihm, als dass ihr am Ende noch etwas wirklich Schlimmes passiert."

„Mir passt das Ganze ja auch nicht", sagt Arpad. „Aber jetzt hat Amorio wenigstens die Chance, einen Besitzer zu finden, mit dem er sich gut versteht."

„Vielleicht klappt das. Vielleicht aber auch nicht", murmele ich bedrückt. „Jedenfalls wird er von hier wegkommen. Und dann werde ich ihn wahrscheinlich nie wiedersehen."

Diesmal bin ich es, der Arpad mitleidig den Arm um die Schulter legt. Doch ich bin so traurig, dass ich mich nicht mal darüber freuen kann.

„Warum hast du nur so einen Blödsinn gemacht?", frage ich Amorio. Eben sind Maja und Arpad nach Hause gefahren. Ich muss auch gleich weg; ich werde bei uns zu Hause nur kurz duschen und ein Butterbrot essen, dann fahre ich schon wieder zu Maja, um mit ihr noch ein bisschen Mathe zu wiederholen. Aber vorher wollte ich unbedingt noch mal bei Amorio vorbeischauen.

Der steht ganz ruhig in seiner Box und frisst an dem Heu, das Herr Sattler ihm hingestreut hat. Offenbar hat unser Reitlehrer ihn auch mit lauwarmem Wasser abgespritzt, denn Amorios Fell ist jetzt nicht mehr verschwitzt, sondern glatt und glänzend. In dem Licht, das durch die Fenster im Dach auf ihn fällt, wirkt er wieder wunderschön und total friedlich. Nichts, aber auch gar nichts würde jemanden auf die Idee bringen, dass er vor weniger als einer Stunde seine Reiterin in ernste Gefahr gebracht hat.

„Was ist eben denn nur in dich gefahren?“, frage ich ihn. „Ach, wenn du doch reden könntest!“

Aber das kann er leider nicht. Und ich zerbreche mir die ganze Zeit über den Kopf, was der Grund für sein Steigen gewesen sein könnte. Arpad hat mir zwar eben noch mal gesagt, er glaube nach wie vor daran, dass Amorio einfach überfordert ist und dass er sich mit Emily nicht versteht. Aber ich bin mir da längst nicht mehr so sicher. Amorios Steigen eben kam so plötzlich, es wirkte ganz so, als hätte ihn etwas total erschreckt. Oder als würde ihm etwas wahnsinnig wehtun. Hmm …

Was hat Emily zuletzt gemacht, bevor Amorio so heftig reagiert hat?

Sie hat ihm im Maul geruckt! Ja, sie hat wirklich unmittelbar vorher kräftig an den Zügeln gezogen. Und daraufhin … ist er gestiegen.

Genau so war es.

Damals, als ich Favory zum ersten Mal geritten habe, hat Amorio mit dem Kopfschütteln angefangen, als Emily die Zügel fester angenommen hat. Und auch vorher hatte Amorios Kopfwerfen immer irgendwas mit den Zügeln zu tun. Ob er Schmerzen im Maul hat – an seiner Zunge vielleicht oder an den Zähnen?

Ja, das könnte die Lösung sein!

„Okay, mein Guter, ich glaube, ich weiß, was dir fehlt. Ich muss das unbedingt mit Maja und Arpad besprechen. Bis morgen!“, sage ich zu Amorio, drehe mich auf dem Absatz herum und gehe eilig zu meinem Fahrrad. Auf einmal kann ich es kaum noch erwarten, mit meinen Freunden zu reden.

„Schmerzen im Maul? Hmm …“, murmelt Arpad.

Mathe ist erst mal aufgeschoben. Stattdessen hocken wir alle drei zwecks Lagebesprechung in Majas Zimmer auf dem Fußboden. Und jetzt schließt Arpad die Augen, vermutlich, weil er sich die Szene von heute Morgen noch einmal durch den Kopf gehen lassen will.

„Stimmt schon, vorher hat Emily sehr hart in die Zügel gefasst“, sagt er dann und sieht mich wieder an. „Wenn dann irgendwo in Amorios Maul etwas nicht in Ordnung wäre … dann wäre es absolut kein Wunder, dass er gestiegen ist.“

„Fragt sich nur: Was machen wir jetzt?“, fragt Maja.

„Du könntest mit deiner Mutter reden, damit sie sich Amorios Maul einmal ansieht“, schlägt Arpad vor.

Bedrückt schüttele ich den Kopf. „Das kannst du vergessen. Ohne die Erlaubnis des Besitzers darf Mama ein fremdes Pferd nicht einfach so untersuchen. Wenn sie es trotzdem tut, kann sie mächtig Ärger kriegen. Und die Münzkötters halten nun mal nichts von Tierheilpraktikern. Das haben sie meine Mutter schon ein paarmal deutlich spüren lassen.“

Arpad brummt etwas Unverständliches.

„Ja, und jetzt?“, meint Maja ratlos.

Ein, zwei Minuten lang herrscht nachdenkliches Schweigen, dann ruft Arpad plötzlich: „Ich hab's!"

„Spuck's aus!", fordert seine Schwester ihn auf.

„Amorio hat in den letzten Tagen doch jedes Mal mit dem Kopf geworfen, wenn Emily ihn geritten hat, oder?", fragt er aufgeregt.

„Nur nicht bei der Turnierprüfung in Eschenborn", wendet Maja ein. „Aber … hm … das ist eigentlich auch kein Wunder, denn in einer Turnierprüfung sieht es nicht gut aus, wenn jemand seinem Pferd kräftig an den Zügeln zieht. Darum war Emily mit Sicherheit sehr vorsichtig und alles ist gut gegangen."

Das macht absolut Sinn, denke ich.

„Falls Amorio wirklich Schmerzen im Maul hat, müsste er das mit dem Kopfschlagen doch lassen, wenn man ihn ohne Gebiss reitet, zum Beispiel nur mit Halfter und Strick, oder?", überlegt Arpad laut.

„Ja, natürlich!", rufe ich aus. „Wir müssen unbedingt mit Emily …"

Maja macht eine wegwerfende Handbewegung. „Die wird nun nicht mehr mit sich reden lassen. Erstens glaubt sie sowieso nicht an deine Theorie, dass Amorio Schmerzen hat, und zweitens ist sie jetzt ja wohl durch mit diesem Pferd."

„Das kann ich sogar ganz gut verstehen", bemerkt Arpad.

Enttäuscht senke ich den Kopf, aber er stupst mich mit dem Ellenbogen an und meint: „He! Wo ein Wille ist, da ist auch ein Weg."

Ratlos sehe ich ihn an.

„Wir probieren es einfach selbst aus“, meint er in verschwörerischem Ton. „Das geht aber nur zu einer Zeit, in der außer uns niemand im Reitstall ist.“

„Nee jetzt …“, will Maja protestieren.

Doch ihr Bruder unterbricht sie. „Wir waren in der letzten Zeit doch öfter schon morgens um halb sechs im Pferdestall, um in Ruhe mit Favory üben zu können. Und Herr Sattler hat davon nie groß was mitgekriegt. Er fängt normalerweise ja auch erst gegen sieben Uhr mit dem Füttern an.“

„Wir sollen also einfach heimlich Amorio aus dem Stall holen, ihm ein Halfter überziehen und auf ihm reiten?“, fragt Maja. „Sag mal, du spinnst ja wohl komplett!“

Er grinst sie frech an. „Warum denn nicht? Wenn’s doch niemand merkt?“

Mir wird mulmig. Ich hab nämlich genauso wenig Lust auf einen Riesenärger wie Maja.

„Na hör mal“, widerspricht mir Arpad, der mein geschocktes Gesicht offenbar richtig deutet. „Es ist wahrscheinlich das Einzige, was wir noch für Amorio tun können. Falls er dann trotzdem noch mit dem Kopf schlägt, haben wir nichts verloren, weil ja niemand etwas von unserer Aktion mitkriegt. Aber wenn wir dadurch den Münzkötters beweisen können, dass Amorio Schmerzen im Maul hat, haben wir wenigstens etwas erreicht.“

Na ja, überlege ich. Es ist ein Risiko. Und was für eins! Ich hab richtig Angst. Andererseits kann ich Amorio nicht einfach so seinem Schicksal überlassen. Und das muss ich wohl, wenn ich dieses Risiko nicht eingehe. Also gut.

„Okay, ich bin dabei“, erkläre ich entschlossen.

„Gut.“ Arpad atmet auf. „Ich hatte auch nichts anderes von dir erwartet. Und wie steht es mit dir, Maja?“

„Eigentlich ist das absolut nicht in Ordnung. Aber wenn Amorio dadurch noch mal eine Chance kriegt …“

Nachdenklich wiegt sie den Kopf. „Also gut, ich mache mit. Den Versuch ist es wert.“

„Alles klar“, meint ihr Bruder zufrieden. „Wie ist es, wollen wir gleich morgen früh loslegen? Dann sehen wir uns um halb sechs vor dem Tor von Hof Buchental.“

„Von mir aus“, meine ich. „Fragt sich bloß: Was sage ich meiner Mutter?“

„Ganz einfach“, findet Arpad. „Du erklärst ihr, dass du dich morgen schon früh mit uns triffst, weil wir etwas Neues ausprobieren wollen und du dabei zuschauen möchtest. Das ist nicht mal wirklich gelogen.“

„Na, ich weiß nicht. Etwas bewusst zu verheimlichen, ist doch auch irgendwie geflunkert“, zweifele ich.

„Es ist auf jeden Fall ganz schön unfair“, wendet Maja ein. „Aber was sollen wir sonst machen? Wenn du deiner Mutter die Wahrheit sagst, bleibt ihr gar nichts anderes übrig, als es dir zu verbieten. Vielleicht sagt sie dann sogar unseren Eltern Bescheid.“

„Eben“, bestätigt Arpad. „Da ist es ja wohl besser, wenn du sie ein bisschen im Unklaren lässt, oder?“

Ich denke noch einmal darüber nach, dann seufze ich leise. „Also gut, wenn ihr meint … Das Ganze passt mir zwar absolut nicht, aber etwas Besseres fällt mir auf die Schnelle auch nicht ein.“

Eine Stunde später bin ich auf dem Weg nach Hause. Maja und ich haben noch tapfer versucht, ein bisschen Mathe zu machen. Aber das hatte heute absolut keinen Zweck; wir konnten uns beide kein bisschen konzentrieren.

Na gut, das ist nicht weiter schlimm. Immerhin können wir uns damit trösten, dass wir in der letzten Zeit total gut vorangekommen sind. Ich glaube, in den vergangenen zwei Wochen hab ich mehr kapiert als im gesamten letzten Schuljahr! Und morgen Nachmittag können wir ja ein bisschen länger üben. Dann haben wir auch hoffentlich, hoffentlich die Lösung für Amorios Probleme gefunden.

Verdammt, ich bin so aufgeregt! Keine Ahnung, wie ich die Zeit bis morgen früh überstehen soll. Ob ich wohl recht habe? Hat Amorio wirklich Schmerzen im Maul? Und wenn ja, werden uns die Münzkötters überhaupt ernst nehmen? Und wird uns vorher keiner erwischen? Davor hab ich am meisten Angst! Und das schlechte Gewissen drückt mich auch. Vor allem wegen meiner Mutter …

Heute Abend bin ich mit Kochen dran. Dafür muss ich nur ein paar Würste braten, einen Salat machen, Baguette in Scheiben schneiden und den Tisch decken. Eigentlich ein Kinderspiel. Aber ich bin so nervös, dass ich mir beim Salatschnippeln in den Finger schneide. Und fast hätte ich mich an der heißen Herdplatte verbrannt.

Trotzdem schaffe ich es beim Abendbrot irgendwie, meiner Mutter die Halbwahrheit wegen morgen früh einigermaßen glaubwürdig unterzujubeln. Vermutlich klappt das nur, weil sie in Gedanken offenbar bei einem ihrer

Patienten ist. Jedenfalls hat sie nichts dagegen, dass ich mich morgen schon um zehn nach fünf auf den Weg zum Hof Buchental mache.

Trotzdem hab ich ein so fürchterlich schlechtes Gewissen, dass ich mich schon um neun Uhr aus dem Wohnzimmer verziehe. Danach wälze ich mich noch zwei Stunden lang im Bett herum. Und als ich endlich einschlafe, habe ich wilde Träume. Darin sehe ich immer und immer wieder, wie Amorio steigt, wie Emily mit einem Schreckensschrei aus dem Sattel rutscht … und dann Amorios aufgerissene, von Schrecken und Schmerz erfüllte Augen.

Kapitel 6

Der heimliche Ritt

Erschrocken fahre ich aus dem Schlaf auf. Was ist das für ein nerviges Piepen?

Ach so, nur der Wecker …

Aber was soll das? Ich hab doch Ferien!

Missmutig drücke ich auf den Ausschaltknopf und will mich noch einmal umdrehen, doch dann fällt mir wieder ein, was wir heute vorhaben: Amorio und der heimliche Ritt!

Da sitze ich kerzengerade im Bett. Es ist jetzt halb fünf und in nur einer Stunde …

Mein Herz klopft schneller. Ich schlage die Decke zurück, tapse zum Fenster und öffne es.

Draußen ist es noch angenehm kühl. Aber der Morgen graut bereits; ein hellroter Streifen zieht sich über den Horizont und die Vögel piepsen schon ihr vielstimmiges Morgenlied.

Wie schön das klingt! Wenn ich nicht so aufgeregt wäre, würde ich jetzt einfach hier stehen bleiben, ihnen zuhören und zuschauen, wie die Sonne aufgeht. Aber das geht leider nicht; ich hab heute Morgen etwas sehr Wichtiges vor.

Mit einem leisen Seufzer schließe ich das Fenster, dann gehe ich auf Zehenspitzen ins Bad, um mich zu waschen.

Zwanzig Minuten später sitze ich schon auf meinem Fahrrad. Ich hab nur schnell eine Schüssel Cornflakes in mich hineingestopft, dann bin ich schon zur Tür hinaus. Dabei gibt es gar keinen Grund zur Eile, eigentlich bin ich sogar ein bisschen früh dran. Aber ich bin so aufgeregt! Also trete ich in die Pedale, was das Zeug hält, und komme fast zehn Minuten zu früh an unserem Reiterhof an.

Zum ersten Mal, seit Filou auf Hof Buchental untergebracht ist, steht das Tor nicht einladend offen. Und als ich die Klinke herunterdrücken will, bewegt sie sich keinen Zentimeter.

Was zum Teufel ...?

Aber klar doch, Herr Sattler hat abgeschlossen, damit seine Pferde vor Einbrechern sicher sind. Fragt sich nur: Wie kommen wir jetzt hinein? Hmm ...

Also, Arpad und Maja haben das sonst frühmorgens doch auch immer geschafft. Vielleicht sind sie ja an der Hinterseite des Hofes durch das kleine Tor gegangen. Oder ...

„Na, konntest du auch nicht mehr schlafen?" Arpads Stimme jagt mir einen ziemlichen Schrecken ein. Ich fahre herum und sehe, dass er auf seinem Fahrrad neben Maja auf mich zurollt.

„Hallo!", schnauft seine Schwester, als sie vor mir anhält.

Zu meinem Erstaunen meldet sich mein Smartphone. Ich ziehe es aus der Tasche, werfe einen Blick darauf ...

„Wer schreibt dir denn schon so früh morgens Nachrichten?", fragt mich Maja erstaunt.

„Wetten, es ist Travis?", vermutet Arpad und verdreht die Augen.

„Na hör mal, der schläft jetzt tief und fest", widerspricht ihm Maja. „Bei ihm in den USA müsste es doch ungefähr Mitternacht sein."

„Die Nachricht ist trotzdem von Travis", erkläre ich und stecke mein Handy wieder in die Tasche. „Er war bis eben auf der Geburtstagsfete, die das Filmteam für April Winterheart organisiert hat. Gerade hat er mir ein paar Fotos davon geschickt. Und wie immer schreibt er, dass ich euch herzlich grüßen soll."

„He, Zoe, du hast ja plötzlich ganz rote Wangen. Wie kommt's nur?", fragt mich Arpad, was ihm gleich einen Rippenstoß von seiner Schwester einträgt. Trotzdem bringt mich der ironische Unterton in seiner Stimme mal wieder fast zur Weißglut.

Ach, halt doch den Mund!, hätte ich ihn am liebsten angefahren. Aber dann wird mir klar, dass er heute mit seinem dummen Gerede vielleicht ausnahmsweise nur seine Nervosität überspielen will. Darum beschließe ich, einfach nicht darauf einzugehen. Besser, ich sage ihm, was mir wirklich Sorgen macht: „Das Hoftor ist abgeschlossen. Wie kommen wir denn jetzt rein?"

„Kein Problem", erklärt er und zieht einen großen, eisernen Schlüssel aus der Hosentasche. „Den hat Herr Sattler mir vor ein paar Wochen gegeben, damit wir schon frühmorgens mit unseren Pferden üben können."

Na dann ... Ich atme auf und schiebe den Gedanken, dass wir Herrn Sattlers Vertrauen heute ziemlich übel missbrauchen, energisch zur Seite. Besser, ich sehe Arpad dabei zu, wie er den schweren Schlüssel ins Schloss schiebt und ihn mit ein bisschen Mühe umdreht.

Leise klackend öffnet sich das Schloss und jetzt kann er die Klinke problemlos herunterdrücken. Er schiebt das leise quietschende Tor auf und wir treten ein.

Wie ruhig hier alles daliegt!, denke ich. Der Hof mit der alten Linde, in der leise der Wind rauscht, und das große, alte Bauernhaus dahinter sehen im warmen Licht der aufgehenden Sonne beinahe romantisch aus.

„Vor halb sieben lässt sich hier keiner blicken“, flüstert uns Arpad verschwörerisch zu. „Wir haben also eine volle Stunde Zeit. Wenn uns Herr Sattler danach auf seinem Hof sieht, wird er halt glauben, dass wir wie immer mit Favory oder Benno geübt haben.“

„Okay“, antworte ich. Mein schlechtes Gewissen meldet sich gerade zwar lauter denn je, aber was soll ich machen?

Auf leisen Sohlen gehen wir in die Sattelkammer, um Bennos Halfter und zwei Führstricke zu holen. Dann betreten wir Amorios Stall.

Als er zur Begrüßung leise grummelt, klopft mein Herz schneller.

Und dich durch und durch liebes Tier wollen die Münzkötters wirklich verkaufen?, denke ich. Dann wird mir klar: Okay, was wir heute machen, ist ganz und gar nicht gut. Aber es ist trotzdem richtig, irgendwie.

Arpad gibt mir das Halfter. „Möchtest du es mit ihm versuchen?“

Mein Herz macht einen erschrockenen Hüpfer, dann schlägt es noch heftiger. Ich atme einmal tief durch, nicke entschlossen, öffne vorsichtig Amorios Box und bleibe im Eingang stehen.

Der schöne Falbe sieht mich mit gespitzten Ohren an, dann kommt er vorsichtig einen Schritt näher.

Nach dem Frühstück habe ich eine große Möhre in Stückchen geschnitten. Nun krame ich eines davon heraus und halte es ihm hin.

Sanft streicheln seine weichen Lippen über meine Handfläche, als er mir das Leckerli abnimmt. Er hält ganz still, als ich ihm das Halfter überstreife und den Führstrick daran befestige.

„Na also", murmelt Arpad hinter mir.

Und Maja fügt hinzu: „Bei dir wirkt er irgendwie viel friedlicher als bei Emily, finde ich."

Hoffentlich bleibt das so!, denke ich. Mein Herz schlägt immer noch Alarm, trotzdem nehme ich den Führstrick fester und sage nur: „Komm, mein Schatz!"

Als ich ihn aus der Box führe, lasse ich ihn keinen Moment aus den Augen. Aber er folgt mir ganz ruhig, voller Vertrauen. In langsamem Schritt geht er neben mir über die Stallgasse auf den Hof. Ich werfe einen schnellen Blick zum Bauernhaus hinüber. Aber dort scheint immer noch alles ruhig zu sein.

Also führe ich Amorio an der alten Linde vorbei, durch das kleine Seitentor und den Weg hinauf zur Reithalle.

Jetzt kommt die Stunde der Wahrheit!, denke ich, als Arpad das Hallentor öffnet und Amorio mir brav hinein folgt, um in der Mitte der Reitbahn stehen zu bleiben.

Langsam geht Arpad auf den schönen Falben zu. Dabei holt er ein Stück Apfel aus seiner Tasche und hält es ihm hin. Amorio nimmt es und lässt ihn brav den zweiten Führstrick an der rechten Seite seines Halfters befestigen.

„Okay, wir können anfangen“, sagt Arpad nur.

Erst, als er mir den anderen Führstrick abnimmt, fällt mir auf, dass ich vor Aufregung ganz feuchte Hände bekommen habe.

„Maja, holst du bitte die kleine Trittleiter aus der Ecke da drüben?“, fragt er mit betont ruhiger Stimme. „Amorio ist es nicht gewohnt, dass ich einfach so auf seinen Rücken springe. Besser, ich benutze eine Aufstiegshilfe. Die kennt er ja von Emily.“

Seine Schwester tut wie geheißen. Dann stehen wir nebeneinander in einem gehörigen Sicherheitsabstand und sehen zu, wie er die Leiter vorsichtig neben Amorio platziert und langsam hinaufsteigt. Während er sich behutsam auf den Rücken des schönen Falben gleiten lässt, halte ich den Atem an.

Du hast vielleicht Mut!, denke ich und wieder einmal wird mir klar, wie sehr ich Arpad bewundere, dass ich mich wirklich und wahrhaftig in ihn verliebt habe – trotz seiner ironischen Sprüche und seines arroganten Tonfalls, den er manchmal anschlägt.

Und dann passiert …

Nichts. Ruhig steht Amorio da, aufmerksam spielen seine Ohren hin und her. Im Gegensatz zu Favory ist er das Reiten mit Halfter zwar nicht gewohnt, aber er wirkt eher neugierig und konzentriert als aufgeregt oder gar rebellisch. Arpad beugt sich ein bisschen vor, legt die Hand auf seinen Hals und spricht ein paar beruhigende Worte mit ihm. Dann drückt er ihm vorsichtig die Unterschenkel an den Bauch.

Und Amorio gehorcht, langsam und völlig entspannt marschiert er zum Hufschlag und geht mit gesenktem Kopf ein paar Runden im Schritt. Dabei schlägt er nicht mit dem Schweif und ist auch kein bisschen verspannt. Dass er kein Gebiss im Maul trägt, nimmt er mit bewundernswerter Gelassenheit hin.

Arpad dagegen kann ich seine Anspannung deutlich anmerken; dennoch gibt er sich die größte Mühe, locker und entspannt auf Amorios Rücken zu sitzen.

Fünf Minuten vergehen ... dann zehn, aber nichts passiert. Amorio trottet einfach brav vorwärts; nach einiger Zeit lässt er es sogar zu, dass Arpad mit ihm zum Aufwärmen ein paarmal Schenkelweichen und Anhalten-Losgehen übt.

„Wenn ich es nicht besser wüsste, würde ich sagen, dass Amorio das bravste und unproblematischste Pferd der Welt ist", erklärt Arpad nach einer Weile.

„Bei Emily war er manchmal auch total entspannt und unauffällig", erinnert ihn Maja, die mit mir hinter die Bande gegangen ist und den beiden aufmerksam zusieht. „Aber leider hat das fast nie lange angehalten."

Arpad seufzt. „Ja, ich weiß. Trotzdem werde ich jetzt einfach mal antraben."

Nein, tu das nicht! Das ist viel zu gefährlich!, hätte ich ihm am liebsten zugerufen, weil ich richtig Angst um ihn habe. Aber ich beiße die Zähne zusammen und warte auf das, was nun passieren wird.

Was immer das auch sein mag.

Arpad drückt Amorio die Fersen in die Flanken, schnalzt mit der Zunge … und tatsächlich, der Falbe trabt an. Locker und gleichmäßig, mit pendelndem Schweif und leicht gebogenem Hals schwebt er um die Bahn.

Und Arpad beweist wieder einmal, was für ein guter, erfahrener Reiter er ist. Mit seiner typischen katzenhaften Eleganz passt er sich Amorios weichen Bewegungen an, nicht ein einziges Mal verliert er die Balance, obwohl er doch ohne Sattel, nur mit einem Halfter und zwei Stricken unterwegs ist.

„Das sieht richtig schön aus", sage ich zu Maja.

Die nickt. „Viel besser als bei Emily, finde ich. Nicht so gezwungen, einfach entspannt und selbstverständlich."

Beeindruckt sehe ich zu, wie Arpad mit Amorio trotz seiner begrenzten Hilfsmittel mehrmals die Seiten wechselt, ihn einen Zirkel gehen und dann seitwärtstraben lässt, wie er ihn anhält und ihn zuerst in den Schritt und dann wieder in den Trab treibt.

„Amorio ist total aufmerksam und geschickt; er reagiert superfein und ich spüre nicht den geringsten Widerstand", urteilt er, als er nach einer Weile kurz neben uns anhält. „Also, wenn ihr mich fragt, dieses Pferd braucht gar kein Gebiss."

„Arpad hat bestimmt recht, aber er ist auch eindeutig ein besserer Reiter als Emily", urteile ich bewundernd, als er mit Amorio ein paar Schlangenlinien reitet. Und plötzlich muss ich wieder daran denken, wie er bei den Dreharbeiten im Musketier-Kostüm auf Favory am Waldrand entlanggaloppiert ist. Wie furchtlos er da ausgesehen hat, richtig draufgängerisch – wie ein echter Abenteurer!

Bei dem Mut, den er hier aufbringt, ist er ja auch wirklich einer, sage ich mir und bin glatt ein bisschen stolz auf ihn.

Doch dann bleibt mir beinahe das Herz stehen, denn Arpad galoppiert an! Ganz ruhig, ja fast selbstverständlich gibt er die Galopphilfen. Und Amorio springt an, ohne auch nur eine Sekunde zu zögern. In flottem Tempo galoppiert er eine Runde, geht dann einen Zirkel und wieder geradeaus. All das macht er in einer lockeren Haltung, ohne jede Hektik und kein bisschen verspannt; seine Ohren spielen aufmerksam und sein Schweif pendelt ruhig hin und her. Nun wechselt Arpad in zügigem Tempo die Seiten, Amorio macht einen bildschönen fliegenden Galoppwechsel und galoppiert auf seiner anderen Hand weiter. Das Ganze wirkt fast so, als hätte er nie etwas anderes getan, als ohne Sattel und Gebiss mit Arpad durch die Halle von Hof Buchental zu schweben.

„Ich glaub's nicht!“, murmele ich beeindruckt.

Doch Majas Stimme reißt mich aus meinen Gedanken. „Arpad muss jetzt langsam Schluss machen, sonst merken die Sattlers vielleicht doch noch was.“

Sie hat recht! Ein schneller Blick auf die Uhr zeigt mir, dass Arpad nun schon seit einer guten halben Stunde auf Amorios Rücken sitzt.

„Hör besser auf, es ist schon fast viertel nach sechs“, warne ich ihn.

Er lässt Amorio zuerst Trab und dann Schritt gehen und

schaut zu uns herüber. Aber seine dunklen Augen blitzen. „Noch fünf Minuten, ja? Ihr glaubt gar nicht, was für einen Spaß es macht, ihn zu reiten."

Maja öffnet den Mund, um ihm zu widersprechen.

„Was ist denn hier los???"

Ich kriege einen Riesenschrecken, Amorio reißt den Kopf hoch und bleibt stehen, ich fahre herum und sehe …

Herrn Sattler. Er steht im Eingang zur Reithalle und sein Gesicht ist dunkelrot vor Zorn.

„Oh nein!", piepst Maja erschrocken.

Da ist er schon losmarschiert; mit schnellen Schritten geht er zu Arpad hinüber, packt Amorio am Strick und schnauzt seinen Reiter mit zornbebender Stimme an: „Was soll das denn? Eine Mutprobe, oder was?"

Arpad ist so verdattert, dass es ihm die Sprache verschlagen hat.

Mist, wir müssen ihm helfen!, denke ich, krieche schnell unter der Bande durch, renne auf die beiden zu und rufe noch im Laufen: „Herr Sattler, bitte beruhigen Sie sich! Ich kann alles erklären!"

„Ach ja?" Er fährt zu mir herum und seine grauen Augen blitzen mich so wütend an, wie ich es bei diesem eigentlich ruhigen, freundlichen Mann noch nie gesehen habe.

Das ist ein Albtraum! Mir rutscht das Herz in die Hose, trotzdem stoße ich mit etwas Mühe hervor: „Es … also, es ist nicht so, wie Sie denken, wirklich nicht! Wir … wir wollen Amorio nur helfen. Unsere Idee war …"

„Mir ist egal, was ihr für komische Ideen habt. Tatsache

ist, dass Arpad ohne Erlaubnis auf einem Pferd reitet, das ihm nicht gehört, das er kaum kennt und das außerdem noch gefährlich ist. Und das Ganze auch noch ohne Sattel und Trense", schimpft er. „Und ihr steht daneben, als wäre es das Selbstverständlichste von der Welt. Dabei muss euch doch klar sein, dass das streng verboten ist, dass Arpad sich damit in Gefahr bringt und Amorio sowieso."

„Trotzdem ...", versucht Arpad einzuwenden.

„Halt den Mund und steig sofort von diesem Pferd ab!", schnauzt Herr Sattler ihn an.

Arpad tut wie befohlen und rutscht langsam von Amorios Rücken herunter.

Zum ersten Mal hab ich richtig Angst vor unserem Reitlehrer. Dennoch muss ich es Arpad zuliebe noch mal versuchen.

„Sie haben einen falschen Eindruck ...", beginne ich.

Aber er hört mir gar nicht zu. „Mitkommen!", befiehlt er stattdessen in einem Ton, der absolut keinen Widerspruch duldet. Dann führt er Amorio in zügigem Schritt aus der Reithalle, in den Hof und von dort in seinen Stall.

„So, und nun zu euch", grollt er und schließt die Boxentür. „Ihr kommt mit mir ins Haus, und zwar zack, zack!"

Wie Gefangene trotten wir hinter ihm her in die große Eingangshalle des Bauernhauses und dann ins Schreibzimmer.

Seit Jahren bin ich nicht mehr hier gewesen und so wird mir trotz meiner Angst bewusst, wie vornehm alles aussieht: die mit Siegespreisen vollgestopfte Vitrine aus dunklem Holz an der linken Seite, das hohe Regal mit den vielen Pferdebüchern zu meiner Rechten und der schwere, mit Aktenordnern beladene Schreibtisch vor uns. Dorthin geht Herr Sattler mit großen Schritten, setzt sich auf den Bürostuhl, der dahintersteht, und wirft uns einen wutentbrannten Blick zu. Das altertümliche Ölgemälde eines ernst dreinblickenden Offiziers auf einem wild steigenden schwarzen Schlachtross, das hinter ihm hängt, lässt ihn irgendwie noch zorniger wirken.

Da stehen wir, hilflos und verlegen wie drei Grundschulkinder, die man beim Klauen erwischt hat. In Herrn Sattlers Augen haben wir uns aber auch mindestens eines ebenso schweren Vergehens schuldig gemacht. Wahrscheinlich eher schlimmer!

„So, und jetzt noch mal von vorn“, sagt er und ich kann seiner Stimme deutlich anhören, dass er sich mit Gewalt zur Ruhe zwingt. „Was. Habt. Ihr. Euch. Dabei. Gedacht?“

Weil wir nur betreten schweigen, wird er richtig sauer: „Nun redet schon, Menschenskind!“

Es ist das erste Mal, dass ich ihn derartig schimpfen höre.

Also gut, sage ich mir. Besser, wir erklären ihm, was wir vorhatten, bevor er vor lauter Wut zum Telefon greift und unsere Eltern anruft, ohne dass wir uns verteidigen konnten.

Ich öffne den Mund, aber Arpad kommt mir zuvor. „Wie Zoe schon gesagt hat: Wir wollten Amorio helfen.“

Weil Herr Sattler ihm nur einen schwer zu deutenden Blick zuwirft, fährt er fort: „Schon seit einiger Zeit machen wir uns Gedanken, warum Amorio sich beim Reiten oft so komisch benimmt. Ich meine das Kopfwerfen und seine

Versuche zu steigen und so. Zoe war ja schon länger fest davon überzeugt, dass Amorio nur so rebellisch reagiert, weil er irgendwo Schmerzen hat. Tja, und dann stand er gestern plötzlich auf seinen Hinterbeinen ..."

„Genau", unterbreche ich ihn, weil ich inständig hoffe, dass wir Herrn Sattler vielleicht doch noch überzeugen können. „Weil Emily unmittelbar vorher fest an den Zügeln geruckt hat, bin ich auf die Idee gekommen, dass Amorio vielleicht etwas im Maul wehtun könnte."

Herr Sattler hat uns ruhig zugehört, doch nun schüttelt er den Kopf und meint: „Nur aufgrund einer vagen Idee habt ihr euch entschlossen, Amorio heimlich und widerrechtlich in die Halle zu führen und ihn von Arpad reiten zu lassen, nur mit Halfter und Strick?"

„Ja", bestätigt der. „Und wirklich: Ohne Gebiss war Amorio ganz ruhig und brav, sogar im Galopp. Das ist doch immerhin ein Hinweis darauf, dass Zoe recht haben könnte."

„Ganz genau", schaltet sich Maja ein. „Darum müssen wir mit den Münzkötters reden. Vielleicht lassen sie dann einen Tierarzt in Amorios Maul schauen. Falls der etwas findet, ist Emilys Problem gelöst, sie muss Amorio nicht verkaufen und er kann hierbleiben."

Ich nicke heftig. „Wenn unser Verdacht stimmt, könnten die Münzkötters uns doch fast schon dankbar sein."

„Nun gut, jetzt kann ich wenigstens ein bisschen besser verstehen, was ihr vorhattet. Dennoch ..." Ernst sieht Herr Sattler von einem zum anderen. „Was ihr gemacht habt, geht ganz und gar nicht. Ihr hättet vorher unbedingt die Münzkötters um Erlaubnis fragen ..."

In meiner Not unterbreche ich ihn. „Aber die hätten uns doch gar nicht ernst genommen. Sie haben mir bisher ja auch kein Wort geglaubt."

„Und ihr dachtet, das würde sich ändern, wenn ihr heimlich und verbotenerweise auf Amorio reitet?", fragt er ärgerlich.

„Na ja, wenn wir doch eine gute Erklärung dafür hätten, dann schon", erklärt Maja.

Doch er schüttelt den Kopf. „Das habt ihr euch viel zu einfach vorgestellt. Erstens glaube ich nicht, dass euer gefährlicher Reitversuch irgendetwas ändern könnte. Zwischen Amorio und Emily ist es nämlich so schlecht gelaufen, dass sie in letzter Zeit immer mehr Angst vor ihrem Pferd bekommen hat. Sie hat regelrecht eine Abneigung gegen ihn entwickelt. Ich fürchte, die beiden passen einfach nicht zusammen. Ihr Verhältnis würde sich selbst dann nicht grundsätzlich ändern, wenn ein Tierarzt herausfände, dass Zoe recht hat. Und zweitens hat Emilys Vater noch gestern Nachmittag mit Herrn Schwarzer, dem Pferdehändler aus dem Nachbarort, telefoniert. Er wird Amorio für die Münzkötters verkaufen."

„Nein!", entfährt es mir. Herr Schwarzer ist zwar in der ganzen Gegend als Pferdekenner bekannt. Er handelt hauptsächlich mit Sportpferden; viele Turnierreiter aus unserer Gegend haben ihre Tiere bei ihm gekauft. Aber meine Mutter weiß, dass der Mann ein eiskalter Geschäftsmann ist, der sich für das Wohl der Pferde nicht die Bohne interessiert und sie einfach an den Meistbietenden verschachert.

Herr Sattler wirft mir einen ärgerlichen Blick zu und spricht weiter: „Mit anderen Worten: Ihr hättet sowieso keine Chance gehabt. Amorio wird noch heute Morgen abgeholt."

Oh nein! Jetzt ist alles aus. Amorio geht an einen skrupellosen Pferdehändler, der ihn an irgendwen verkaufen wird, und wir haben uns, statt ihm zu helfen, den Ärger unseres Lebens eingehandelt.

„Euren Idealismus in Ehren", meint unser Reitlehrer, „aber ich kann das, was ihr gemacht habt, nicht einfach so auf sich beruhen lassen. Das gebietet mir schon die Verantwortung, die ich gegenüber den eingestellten Pferden auf meinem Hof und deren Besitzern habe. Darum muss ich jetzt eure Eltern anrufen und ihnen erzählen, was ihr heute Morgen gemacht habt. Und mit den Münzkötters muss ich auch reden."

„Oh nein! Bitte tun Sie das nicht", piepst Maja erschrocken.

Er seufzt. „Liebe Maja, es bleibt mir gar nichts anderes übrig."

Dann greift er zum Telefon.

„Was habt ihr euch nur dabei gedacht?", schimpft meine Mutter. Sie hat sogar ihre Kunden in der Tierheilpraxis warten lassen, um mich abzuholen. Ein bisschen blass und mit gestresstem Gesichtsausdruck steht sie neben den zornigen Erdelyis.

Arpad, Maja und ich fühlen uns immer noch wie Angeklagte vor Gericht. Wir stehen buchstäblich mit dem

Rücken zur Wand, nämlich an der Mauer der Scheune, und haben die Schimpftiraden von meiner Mutter und Attila über uns ergehen lassen: Jetzt wisse man nicht mehr, wie man den Münzkötters in die Augen sehen solle, dass wir uns schämen sollten, dass so etwas nie, nie wieder vorkommen dürfe und so weiter und so fort. Inzwischen komme ich mir fast so vor, als hätten wir ein Staatsverbrechen begangen. Dabei wollten wir doch nur helfen!

Trotz seines gebrochenen Beines und seiner Krücken kommt mir Herr Erdelyi heute zehn Zentimeter größer vor als sonst. „Wir nehmen euch jetzt mit nach Hause", grollt er Arpad und Maja an. „Dort werden wir uns eine angemessene Strafe überlegen. Also los, ab ins Auto!"

Brav trottet Arpad hinter seiner Schwester her zum Geländewagen seiner Eltern und steigt auf den Rücksitz.

„Und nun zu dir, Zoe", erklärt meine Mutter, während das Auto vom Hof rollt. „Ich muss gar nicht lange überlegen. Du bekommst Stubenarrest bis zum Ferienende. Und damit du dich nicht langweilst, wirst du in deiner nun reichlich vorhandenen Zeit unsere Wohnung putzen. Um Filou werde ich mich in den nächsten Tagen alleine kümmern."

Oh nein, bitte nicht! Ich spüre, wie mir die Tränen in die Augen steigen. Die Schule fängt nämlich erst am nächsten Dienstag wieder an. Das bedeutet: Ich muss eine ganze Woche lang im Haus herumhocken, während draußen die Sonne scheint und meine Freundinnen in den Reitstall gehen oder im Freibad in der Sonne liegen. Und Mama reitet an meiner Stelle. Das ist voll gemein!

Vielleicht kann ich mir ja wenigstens eine kleine Vergünstigung aushandeln. „Und … und was ist mit Mathe?“, piepse ich und sehe sie mit flehendem Blick an.

Doch Mama bleibt gnadenlos: „Wenn du weiter Mathe üben willst, musst du das entweder allein machen oder Maja kommt zu dir – falls ihre Eltern ihr das erlauben.“

Schicksalsergeben senke ich den Kopf. Wenn ich jetzt widerspreche, mache ich alles nur noch schlimmer. Ich muss meine Strafe also wohl oder übel akzeptieren.

„So, und jetzt Abmarsch zum Auto“, befiehlt sie entschlossen.

Mit hängendem Kopf schleiche ich vor ihr her … Da kommt der dunkle Mercedes der Münzkötters angefahren.

Auch das noch!, denke ich, der Verzweiflung nahe. Was werden sie wohl zu meiner Mutter sagen?

Starr vor Schrecken stehe ich da und sehe, wie Herr Münzkötter eilig zu uns herüberkommt. Dabei bemerke ich betroffen, dass meine Mutter beschämt die Schultern hochzieht.

Normalerweise lässt sie sich von diesen hochnäsigen Leuten nicht so einschüchtern, denke ich, und jetzt erst wird mir so richtig klar, dass wir offenbar tatsächlich etwas verbrochen haben, das sich nicht so einfach mit einer Entschuldigung vom Tisch wischen lässt.

Sichtbar verlegen geht meine Mutter auf Herrn Münzkötter zu. „Wie geht es Ihrer Tochter?“, fragt sie höflich.

„Danke der Nachfrage. Zum Glück ist ihr nicht allzu viel passiert“, antwortet er. „Sie hat eine leichte Gehirnerschütterung und ein paar Prellungen, also wirklich nichts Ernstes. Und sie hat zwar einen Mordsschrecken bekommen, aber zum Glück keinen richtigen Schock. Spätestens nächste Woche kann sie ihren Sunrise wieder reiten."

„Das freut mich wirklich sehr", erklärt Mama. „Und ich möchte mich für meine Tochter entschuldigen. Was Zoe heute Morgen getan hat, war wirklich völlig inakzeptabel. Ich hatte nicht die geringste Ahnung, was sie vorhatte. Arpad und Maja gehen öfter schon ganz früh in den Reitstall und da dachte ich, Zoe wolle mit ihnen und Favory etwas Neues üben. So etwas in der Art hat sie mir jedenfalls gestern erzählt."

„Ist schon gut. Niemandem ist etwas passiert, auch nicht unserem wertvollen Pferd", erklärt Herr Münzkötter in ausnehmend freundlichem Ton. „Wenn sich Amorio aber etwas getan hätte, dann müsste ich jetzt von Ihnen und den Erdelyis Schadenersatz fordern."

Mir läuft es eiskalt den Rücken hinunter; schreckliche Bilder ziehen an meinem inneren Auge vorbei: Amorio steigt unter Arpad kerzengerade in die Luft. Dabei verliert er das Gleichgewicht, kippt zur Seite und landet so unglücklich, dass er danach nur noch auf drei Beinen stehen kann.

Vielleicht hätten Mama und die Erdelyis dann eine wahnsinnig teure Operation in der Pferdeklinik bezahlen müssen – oder, schlimmer noch: Amorio wäre für sein Leben lang unreitbar gewesen, möglicherweise hätte man ihn dann sogar einschläfern müssen. Damit hätten wir ihm ganz bestimmt nicht geholfen. Und wir hatten heute Morgen ja wirklich nicht wissen können, was passieren würde.

Meine Mutter nickt nur. Ich glaube, sie ist jetzt noch ein bisschen blasser geworden. Wortlos lässt sie sich von Herrn

Münzkötter die Hand schütteln, dann trotte ich neben ihr her zu ihrem alten Auto, das mit seinem Kofferraum voller Behandlungsinstrumente und naturheilkundlicher Medizin im Hof parkt.

Als ich neben ihr auf den Beifahrersitz sinke, sieht Mama mich ernst an. „Ich hoffe, du hast nun endlich verstanden, was für ein unglaubliches Risiko ihr heute Morgen eingegangen seid."

Ich nicke langsam.

„Abgesehen davon, dass mir Amorio sehr leidtun würde, wenn er sich wegen eures Abenteuers schwer verletzt hätte … Wenn es um Geld geht, verstehen die Münzkötters absolut keinen Spaß", fährt sie fort. „Und Amorio ist mit Sicherheit mehrere Zehntausend Euro wert. Stell dir mal vor, ihm wäre etwas Ernstes passiert! Dann hätten die Erdelyis und ich eine Unmenge Geld aufbringen müssen. Meine Ersparnisse hätten mit Sicherheit nicht gereicht, um deinen Anteil an dem Schaden zu decken."

Mir wird mulmig. Mama hat nämlich in den letzten zwei Jahren jeden Monat eisern Geld zur Seite gelegt, damit sie sich in absehbarer Zeit ein neues Auto kaufen kann. Inzwischen hat sie den Betrag für einen einigermaßen neuen Gebrauchtwagen auch zusammen. Wenn dieses Geld aber wegen unseres Reitversuches heute Morgen draufgegangen wäre, könnte sie sich kein Auto mehr kaufen, irgendwann würde ihr altes schlappmachen und dann könnte sie nicht mehr einkaufen fahren, mich nicht mehr zum Arzt bringen, wenn ich krank wäre, keine Hausbesuche mehr machen und, und, und …

In jedem Fall würde das bedeuten, dass sie ihren Beruf nicht mehr richtig ausüben könnte. Das wäre eine absolute Katastrophe, für uns beide und wahrscheinlich sogar für Filou. Denn wie soll Mama seine Stallmiete bezahlen, wenn sie zu wenig Geld verdient?

So weit hab ich nicht gedacht. Und Arpad und Maja vermutlich auch nicht.

„Entschuldige“, bringe ich mit heiserer Stimme heraus. „Ich … ich wollte wirklich nicht … also, ich wäre nie …“

„Das ist mir klar“, sagt sie jetzt in einem Ton, der zu meinem Erstaunen beinahe zärtlich klingt. „Ich weiß doch genau, wie gern du Amorio hast, wie viele Gedanken du dir um ihn machst und wie schwer es dir fällt, mit anzusehen, wie er unter der überehrgeizigen Emily leidet. Um ehrlich zu sein: Mir gefällt das alles ja auch nicht. Aber es gibt nun mal Grenzen, die man nicht überschreiten darf, und Dinge, die man nicht ändern kann. Damit musst du dich abfinden, auch wenn es dir noch so schwerfällt.“

Aber das kann ich nicht!, denke ich und spüre, wie eine neue Welle der Verzweiflung in mir hochsteigt. Amorio wird weiter ungerecht behandelt werden, er muss weiter leiden – und warum? Weil es Menschen wie die Münzkötters gibt, die kein Herz für Pferde haben und glauben, mit Geld könne man sich alles kaufen. Und weil kein Gesetz der Welt ein Tier vor solchen Leuten schützt.

Eine unglaubliche Wut steigt in mir hoch. Am liebsten würde ich jetzt vor lauter Zorn mit meinen Fäusten auf das Armaturenbrett schlagen.

Aber ich beiße die Zähne zusammen und schlucke die Tränen herunter, die mit Macht in mir hochsteigen.

Meine Mutter legt den Sicherheitsgurt an und steckt den Schlüssel ins Zündschloss. Da fährt ein schicker Porsche-Geländewagen auf den Hof, der einen Pferdetransporter hinter sich herzieht.

„Ob … ob das Herr Schwarzer ist?", frage ich heiser.

„Das ist er sogar mit Sicherheit. Ich kenne sein Auto nämlich ganz gut", erklärt Mama. „Komm, wir schauen, dass wir hier weg…"

„Nein, bitte nicht!", rufe ich aus. „Ich möchte mich unbedingt noch von Amorio verabschieden."

„Das wird dir nur wehtun", gibt sie zu bedenken und lässt den Motor an.

„Egal", protestiere ich aufgeregt. „Wenn ich ihm jetzt nicht Auf Wiedersehen sagen darf, ist es noch schlimmer."

Sie seufzt und stellt den Motor wieder ab.

Eilig steige ich aus. Dann stehe ich da, an unseren Wagen gelehnt, und beobachte, wie ein ziemlich dicker, kleiner Mann mit schütterem Haar auf Herrn Münzkötter zugeht und ihm die Hand schüttelt. Die beiden reden kurz miteinander, dann gehen sie zu Amorios Stall.

Kurz darauf kommt Herr Schwarzer mit dem schönen Falben am Strick wieder heraus.

Amorios goldenes Fell leuchtet in der Sommersonne, lang fällt seine schwarze Mähne über seinen kräftigen Hals.

Ich trete ein paar Schritte vor.

Da geschieht etwas, mit dem ich gar nicht gerechnet

hätte: Amorio bleibt stehen, er sieht mich an und aus seiner Kehle kommt ein leises Begrüßungsgrummeln.

Ich renne los, hin zu dem Pferd, das ich so lieb gewonnen habe. Einmal nur, ein allerletztes Mal, will ich es noch streicheln und mein Gesicht in sein glänzendes Fell drücken.

Dann bin ich bei Amorio und werfe meine Arme um seinen Hals.

„Was soll das?“, fragt mich Herr Münzkötter ärgerlich.

Jetzt kommen mir endgültig die Tränen. Damit er nicht sieht, dass ich weine, drücke ich meine Stirn ganz fest an Amorios Hals.

„Da hat sich wohl jemand in dieses Pferd verliebt“, stellt Herr Schwarzer in einem merkwürdig freundlichen Ton fest.

Ich schluchze so sehr, dass ich ihm nicht antworten kann.

„Tja, mein armes Mädel, jetzt heißt es Abschied nehmen“, meint er, immer noch mit dieser eigenartig klebrigen Freundlichkeit in der Stimme.

Ich schüttele nur den Kopf.

„Es gäbe natürlich eine Lösung, meine Liebe“, erklärt der Pferdehändler. „Du könntest deine Eltern überreden, Amorio zu kaufen.“

„Daraus wird nichts“, höre ich Herrn Münzkötter sagen. „Zoes Mutter hat nämlich mit Sicherheit nicht genug Geld, um so ein teures Pferd zu bezahlen. Wissen Sie, die beiden haben hier auf Hof Buchental irgend so ein altes Pony stehen, zu mehr reicht es leider nicht. Und stellen Sie sich vor, heute Morgen ...“

Irgend so ein altes Pony! Wie kann er nur so von meinem geliebten Filou reden? Jetzt mischt sich wieder Zorn in meine Verzweiflung; das Blut rauscht mir derart in den Ohren, dass ich seine Worte nicht mehr verstehen kann.

Ich hebe den Kopf und wische mir über die Augen. Dabei erkenne ich verschwommen, dass meine Mutter auf uns zukommt. Im gleichen Moment spüre ich, wie Amorios Nüstern meinen Kopf berühren und zärtlich durch meine Haare wuscheln.

„Die Liebe ist beidseitig, würde ich sagen“, stellt Herr Schwarzer fest.

Dann ist Mama bei mir und legt mir eine Hand auf die Schulter. „Komm, Zoe, es hilft doch alles nichts. Sag Amorio Auf Wiedersehen und dann fahren wir nach Hause.“

Ich atme tief durch, drücke ein allerletztes Mal mein Gesicht an Amorios Hals, sehe noch einmal in seine großen dunklen Augen und streichele über seine weichen Nüstern. Dann nimmt Mama mich an der Hand und zieht mich weg. Sprachlos vor Trauer stolpere ich zum Auto, gleichzeitig sehe ich dabei zu, wie Herr Schwarzer das Pferd, das ich so gernhabe, zum Anhänger führt. Brav folgt Amorio ihm, widerstandslos klettert er die Rampe hinauf … Dann ist er verschwunden. Herr Schwarzer klappt die Rückwand hoch, Mama zieht mich zur Beifahrertür, drückt mich auf den Sitz und schnallt mich mit ein paar energischen Griffen fest.

Durch die Windschutzscheibe sehe ich, wie der Geländewagen losfährt und Amorio mitnimmt, weg von Hof Buchental, weg von mir.

„Jetzt erst verstehe ich so richtig, was in dir vorgeht", stellt meine Mutter mit trauriger Stimme fest. „Gerade hab ich nämlich gesehen, wie gern ihr beiden euch habt."

Ich kann ihr nicht antworten, denn wieder verschwimmt alles vor meinen Augen und ich fange von Neuem an, hemmungslos zu schluchzen.

Kapitel 7

Besuch bei Amorio

Das muss echt hart für dich gewesen sein", urteilt Birte mitleidig.

Zusammen mit Paulina und Janine hockt sie auf meinem Bett. Während ich den dreien all das erzählt habe, was gestern passiert ist, haben sie eine ganze Tüte Paprika-Chips in sich hineingestopft. Jetzt sitzen sie nur da und schauen mich betroffen an.

Ich bin heilfroh, dass sie mich besuchen. Gestern hab ich den ganzen restlichen Vormittag auf dem Bett gelegen und abwechselnd geweint oder an die Decke gestarrt. Erst am Nachmittag konnte ich mich wieder so weit zusammennehmen, dass ich pflichtgemäß das Bad und die Toilette blitzblank gewienert habe. Und gegen Abend ist Maja gekommen, um mit mir die Lage zu besprechen und noch ein bisschen Mathe zu üben.

Sie und Arpad hat es nicht ganz so hart getroffen wie mich. Vermutlich liegt das aber nur daran, dass ihr Vater sich mit seinem gebrochenen Bein nicht um Favory und Benno kümmern kann und darum dringend ihre Hilfe braucht. Jedenfalls muss Maja nur jeden Tag eine Stunde lang im Haushalt helfen und Arpad hat mit dem Fahrrad sämtliche Einkäufe im Dorf zu erledigen. Außerdem mussten die beiden heute Morgen zu den Münzkötters fahren und mit einem von ihrem Taschengeld finanzierten Blumenstrauß in der Hand zu Kreuze kriechen.

Bei der Vorstellung, wie Arpad mit einem teuren Strauß Rosen in der Hand und all seinem verfügbaren Charme bei Emily um Entschuldigung bittet, wäre ich heute Morgen fast durchgedreht, und ich habe mich kaum darauf konzentrieren können, das Wohnzimmer zu putzen.

Bestimmt hat sie ihm verziehen; spätestens in dem Moment, in dem er ihr versichert hat, dass er ihr und Amorio durch seinen verbotenen Ritt nur helfen wollte. Das ist mir klar geworden, als ich den Schrank und die Kommode mit dem Staubtuch bearbeitet habe. Und dann ist mir mit Schrecken etwas eingefallen: Vielleicht hat Arpad den heimlichen Ritt auf Amorio ja nur gemacht, weil er Emily damit beeindrucken wollte, dass er dem Problem ihres Pferdes auf die Spur gekommen ist! Aber egal, was heute bei den Münzkötters passiert ist, ich konnte nichts daran ändern. Mir war nichts anderes übrig geblieben, als weiter in einem Höllentempo abzustauben und den Fußboden zu saugen. Als ich damit fertig war, bin ich müde in der Küche auf einen Stuhl gesunken und hab die Kartoffeln fürs Mittagessen geschält.

Ich hatte gerade die Koteletts in die Pfanne gehauen, als Birte, Janine und Paulina bei mir anriefen. Sie hatten im Reitstall von unserem Missgeschick erfahren und waren fest entschlossen, mich zu trösten. Vor einer knappen Stunde, als ich gerade das Geschirr in die Spülmaschine räumte, sind sie bei mir aufgekreuzt. Um ehrlich zu sein: Mir tut es unheimlich gut, dass sie bei mir sind und dass ich mich bei ihnen aussprechen kann. Es ist doch schön, dass ich solche Freundinnen habe!

„Ob Emily überhaupt eine Ahnung davon hat, wie sehr du wegen Amorio leidest?", überlegt Paulina laut.

Janine verdreht die Augen. „Eher nicht. Die eingebildete Zicke glaubt wahrscheinlich, du hättest gestern so geweint, weil du wegen ihres spendablen Papis und ihrer teuren Pferde neidisch auf sie bist."

„Nun sei mal nicht so fies", widerspricht Birte. „Emily tut mir echt leid – wegen ihres Unfalls und weil die Sache mit Amorio so krass schiefgelaufen ist. Ganz ehrlich: Unter mir ist noch nie ein Pferd gestiegen und so was möchte ich auch nicht erleben. Das muss …" Sie schüttelt sich. „Das muss ein ganz schöner Schreck gewesen sein."

„Es hat jedenfalls schlimm ausgesehen", erinnere ich mich. „Emily kann wirklich froh sein, dass sie sich nicht schwer verletzt hat."

„Und du glaubst wirklich, dass Amorio ein Problem im Maul hat?", überlegt Birte.

„Ja", bestätige ich. „Nachdem er nur mit Halfter so ruhig gegangen ist, bin ich mir sogar ziemlich sicher. Sieh mal: In den letzten zwei Wochen hat er ganz oft mit dem Kopf geschlagen, wenn Emily ihn geritten ist. Und bei Arpad war er total brav. Das kann doch kein Zufall sein!"

„Du hast den beiden aber nicht immer zugesehen", wendet Janine ein.

„Aber oft genug", erkläre ich. „Und jedes Mal sah er so aus, als würde er sich absolut nicht wohlfühlen."

Janine nickt. „Du könntest durchaus recht haben."

Paulina seufzt. „Das ändert leider auch nichts. Du kannst Amorio jetzt nicht mehr helfen.“

„Nein“, erkläre ich traurig. „Und ich muss seit gestern andauernd darüber nachdenken, ob wir irgendetwas hätten besser machen können. Doch mir fällt absolut nichts ein. Emily und ihre Eltern haben mir doch kein Wort geglaubt, als ich ihnen von meiner Vermutung erzählt habe. Sie hätten uns nie und nimmer erlaubt, Amorio zu reiten.“

„Trotzdem habt ihr gestern ganz schön was riskiert“, erinnert mich Paulina.

„Wartet mal!“ Nachdenklich reibt sich Birte das Kinn, dann ruft sie aus: „Leute, ich weiß, was wir tun können!“

„Was denn?“, frage ich.

„Niemand kann etwas dagegen haben, wenn wir Amorio bei Herrn Schwarzer besuchen, oder?“, fragt sie. „Und sein Stall liegt im Nachbarort. Wir können problemlos dorthin radeln.“

Mein Herz macht einen kleinen Hüpfer. „Das stimmt. Ich meine … wir müssen meiner Mutter ja nicht unbedingt verraten, wo wir hinwollen. Es reicht doch, wenn wir ihr sagen, dass wir eine Fahrradtour machen möchten.“

„Das stimmt“, urteilt Janine.

„Eben“, erklärt Birte. „Wir fahren also Amorio besuchen, und wenn wir dort sind, sprechen wir mit Herrn Schwarzer. Vielleicht lässt er ja mit sich reden und sorgt dafür, dass ein Tierarzt Amorio ins Maul schaut.“

„Das liegt ja auch ganz in seinem Interesse“, findet Paulina. „Immerhin soll er dieses Pferd für die Münzkötters möglichst schnell und zu einem möglichst guten Preis verkaufen.“

„Damit Emily sich möglichst bald ein neues teures Dressurpferd kaufen kann“, fügt Janine hinzu.

„Also, wie ist es? Ziehen wir die Sache durch?“, fragt Birte in die Runde.

„Ich bin unbedingt dafür“, erkläre ich aufgeregt. „Vor Dienstagnachmittag geht’s bei mir aber leider nicht; bis Montag hab ich ja verschärften Stubenarrest.“

„Dienstagnachmittag würde bei mir ganz gut passen“, stellt Janine fest. „An unserem ersten Schultag gibt’s bestimmt noch keine Hausaufgaben.“

„Einverstanden“, stimmt auch Paulina zu.

Birte nickt nur.

„Na also, vielleicht hat Amorio ja doch noch eine Chance“, seufze ich. „Was würde ich nur ohne euch machen?“

Wieder einmal nehme ich mir fest vor, den dreien ab jetzt mehr Zeit zu widmen.

„Ihr wollt also mit dem Fahrrad zum Hof von Herrn Schwarzer fahren und dort mit ihm reden. Das ist eine geniale Idee!“, findet Maja.

Es ist sechs Uhr abends und genau wie gestern hat sie heute wieder bei mir vorbeigeschaut, um mit mir Mathe zu üben. Erst mal muss ich sie aber unbedingt informationstechnisch auf den neuesten Stand bringen.

„Ganz genau“, bestätige ich triumphierend. „Am Dienstagnachmittag geht’s los, dann lässt Mama mich ja endlich wieder hier aus der Bude raus. Aber sag ihr bloß nicht, wo wir hinfahren. Sonst verlängert sie meinen Hausarrest am Ende noch.“

„Es muss ganz schön hart sein, wenn man hier die ganze Zeit eingesperrt ist“, urteilt sie mitleidig.

„Das kann man wohl sagen“, seufze ich.

„Nun sei mal nicht allzu traurig“, tröstet sie mich. „Ich hab heute Nachmittag die Wäsche aufhängen und die Spülmaschine ausräumen und Mamas Blusen bügeln müssen. Und Arpad musste so viel einkaufen, dass die volle Tasche kaum noch auf seinen Gepäckträger gepasst hat. Damit nach Hause zu radeln, war bestimmt auch kein Zuckerschlecken.“

Arpad ... Sofort steht mir wieder vor Augen, wie er mit einem Blumenstrauß in der Hand bei Emily um Verzeihung bittet.

„Wie war's eigentlich heute Morgen bei den Münzkötters?“, frage ich sie gespannt.

Maja verzieht das Gesicht. „Du, ich war total aufgeregt. Zum Glück war wenigstens Emilys Vater nicht zu Hause. Aber Frau Münzkötter hat ziemlich beleidigt getan, obwohl sie uns am Ende doch noch gnädig verziehen hat. Und Emily hat sich von Arpad regelrecht um den kleinen Finger wickeln lassen. Schon nach kurzer Zeit hat sie ihm abgekauft, dass er ihr eigentlich nur helfen wollte. Du weißt ja: Arpad kann sooo charmant sein, wenn er will. Jedenfalls hat er sich großzügig bereit erklärt, Emily und Sunrise in den nächsten Tagen ein paar Reitstunden zu geben. Da hat sie ihm endgültig verziehen.“

Und ich sitze hier im Haus gefangen, während Emily mit ihm flirtet, denke ich. Jetzt kriegt sie von ihm sogar Reitstunden ...

Wieder mal hab ich das unangenehme Gefühl, dass irgendwas in meinem Bauch sich dreht und windet. Oh Mann, verknallt zu sein, kann einen echt an den Rand des Wahnsinns treiben! „Und du glaubst wirklich, dass er nicht auf Emily steht?“, frage ich frustriert.

„Aber nein! Wo denkst du hin?“, erklärt sie empört. „Ich bin mir sicher, dass Arpad nur gute Miene zum bösen Spiel macht, damit sie und die Münzkötters nicht mehr sauer auf uns sind.“

„Hoffentlich hast du recht“, murmele ich und gehe zum Schreibtisch, um meine Mathesachen zu holen.

„Sag mal ...“, beginnt Maja vorsichtig, als ich mit meinen Büchern und Heften im Arm wieder zurückkomme. „Ich finde es eine total gute Idee, dass ihr zum Schwarzer-Hof wollt. Und ich möchte Amorio doch auch gerne helfen. Meinst du, ich kann mitkommen?“

„Bestimmt“, meine ich erfreut und wittere die Chance, Maja mit meinen Freundinnen zusammenzubringen. Bisher sind die drei nämlich noch nicht sehr offen dafür gewesen, unsere Clique zu erweitern. „Ich muss sie natürlich fragen. Aber ich kann mir absolut nicht vorstellen, dass sie etwas dagegen haben.“

„Das wäre klasse“, findet sie. „Weißt du, Birte, Paulina und Janine scheinen echt nett zu sein. Ich wollte sie schon länger mal näher kennenlernen. Und eine Fahrt zu Herrn Schwarzer wäre doch die Gelegenheit dazu.“

Na also!, denke ich. Damit scheinen wir wenigstens ein kleines Problem gelöst zu haben.

„Mann, ist das heiß heute!“ Paulina hält ihr Fahrrad an, um einen Schluck Wasser zu trinken.

„Wir haben halt August“, seufzt Birte und kramt ebenfalls nach ihrer Wasserflasche. „Die Typen im Kultusministerium hätten die Sommerferien ruhig um mindestens eine Woche verlängern können.“

„Nur gut, dass wir das Reiten auf heute Abend verlegt haben. Meinen armen, alten Filou würde die Anstrengung bei dieser Hitze total fertigmachen“, befürchte ich.

Es ist früher Dienstagnachmittag, die Sonne brennt gnadenlos von einem fast wolkenlosen Himmel auf uns herunter und wir sind schon seit fast einer Stunde unterwegs zum Schwarzer-Hof.

„Wie lange brauchen wir denn noch?“, fragt Maja, die sich hier in der Gegend noch nicht so gut auskennt.

Janine schaut auf die Uhr. „Fünf Minuten, höchstens zehn. Wir müssen nur noch über den Hügel da drüben und dann geht's noch ungefähr einen Kilometer geradeaus.“

Ich nicke. „Dann auf zum Endspurt. Ich bin schon so gespannt, wie es Amorio geht.“

„Okay“, stimmt Paulina mir zu. „Die paar Hundert Meter schaffen wir jetzt auch noch, oder?“ Sie steigt wieder auf ihr Fahrrad.

„Wenn der Hügel nicht so steil wäre …“, stöhnt Birte.

„Zum Glück geht's auf dem Rückweg meistens abwärts“, ermutigt sie Paulina.

„Je schneller wir weiterfahren, umso eher haben wir's hinter uns“, erkläre ich, nehme noch einen letzten Schluck aus meiner Wasserflasche und trete wieder in die Pedale.

Der Weg berghoch ist ziemlich hart und ich bin froh, als wir endlich den Schwarzer-Hof erreicht haben.

Ein bisschen bedrohlich stehen die roten Backsteinmauern des alten Gutshofes vor uns. Oder kommt mir das nur so vor, weil ich so aufgeregt bin? Bestimmt liegt es nicht nur an der anstrengenden Fahrt, dass mein Herz wie wild pocht. Einerseits kann ich es nämlich kaum erwarten, endlich Amorio wiederzusehen. Aber andererseits hab ich ein bisschen Angst, weil ich nicht weiß, wie Herr Schwarzer auf unseren Besuch reagieren wird. Hoffentlich ruft er nicht sofort meine Mutter an, damit sie uns abholen kommt! Den Ärger, den ich dann kriege, würde ich meinem schlimmsten Feind nicht wünschen.

Na, wenigstens steht das Hoftor offen.

Wir lassen unsere Fahrräder ausrollen, steigen ab und schieben sie in den Hof hinein.

„Und was machen wir jetzt?“, fragt Maja unsicher.

Ich kann auch nur mit den Achseln zucken. Eigentlich hatte ich ja erwartet, dass auf dem Hof jede Menge los wäre. Ich hatte mit Pferden gerechnet, die gestriegelt werden, und mit Leuten, die hier herumlaufen, um sie sich anzuschauen. Aber der Hof ist vollkommen leer.

„Es bringt jedenfalls nichts, wenn wir nur hier herumstehen. Kommt, wir schauen uns mal um!“, fordert uns Birte auf. Dann geht sie uns voran zu einer offenen Stalltür.

„Bestimmt dürfen wir da nicht einfach so reingehen“, protestiert Maja.

„Das fürchte ich auch“, gebe ich zu. „Vergesst nicht:

Wir müssen bei Herrn Schwarzer einen guten Eindruck hinterlassen."

„Aber was sollen wir denn sonst machen? Irgendwie müssen wir doch jemanden finden, den wir fragen können", widerspricht Paulina.

„Ja, eben", bestätigt Janine und marschiert hinter Birte her.

Neugierig, aber auch ein bisschen nervös folgen wir ihr. Dann stehen wir auf einer Gasse, die in einen düsteren und offenbar menschenleeren Stall führt. Rechts und links liegen ziemlich große Boxen und aus jeder schaut uns ein echt edles, gepflegt aussehendes Pferd mit gespitzten Ohren an.

„Das sind bestimmt alles teure Sportpferde", urteilt Paulina beeindruckt. „Jedenfalls ist eines schöner als das andere. Und seht mal, an jeder Box hängt ein Schild mit dem Namen und der Abstammung des Pferdes."

„Ich finde es komisch, dass sie bei diesem warmen Wetter und um diese Uhrzeit nicht draußen auf der Weide sind", überlegt Maja. „Ob Herr Schwarzer seine Pferde immer nur im Stall stehen lässt?"

„Vielleicht kommen sie ja morgens oder abends raus, wenn's nicht so heiß ist", vermutet Janine.

„Hoffentlich!", findet Birte. „Welches Pferd möchte schon den ganzen Tag in einem so düsteren Stall eingesperrt sein?"

Langsam gehen wir an den Boxen vorbei, streicheln hier eine neugierige Pferdenase und klopfen dort einen glänzenden Pferdehals. Dann sind wir ganz hinten angekommen. Und auf der rechten Seite steht …

„Amorio!“, rufe ich aus und laufe eilig die paar Schritte zu dem goldglänzenden Wallach, der mich mit gespitzten Ohren und leuchtenden Augen ansieht.

Mir wird ganz warm ums Herz, als er leise sein tiefes Begrüßungsgrummeln ertönen lässt.

„Emily hat er nie so begrüßt“, stellt Maja fest. „Und die ist ihn nun wirklich fast jeden Tag geritten.“

„Reiten alleine ist offenbar nicht alles“, findet Janine.

Ich hab ihr nur halb zugehört. Denn jetzt bin ich bei Amorio angekommen und schiebe meine Hand durch das Gitter der Box. Er streckt mir seine weichen Nüstern entgegen und beschnuppert mich, dann lässt er sich genüsslich kraulen.

„Ach, wie gerne würde ich jetzt die Tür öffnen und dich umarmen oder dir ein Stückchen Apfel geben“, sage ich leise zu ihm. „Aber das geht leider nicht. Schließlich will ich mich nicht gleich bei Herrn Schwarzer unbeliebt machen. Noch viel lieber würde ich dich übrigens aus diesem dunklen Loch herausholen. Doch das ist erst recht streng verboten.“

Da kommt er näher und drückt seine Nüstern zwischen die Gitterstäbe.

Und du würdest am liebsten deinen Kopf auf meine Schulter legen oder in meinen Haaren wühlen, denke ich traurig.

Aber es hilft ja alles nichts. Amorio ist nun einmal hier und ich kann nichts weiter tun, als ihm zu helfen, möglichst schnell einen möglichst guten neuen Besitzer zu finden.

„Du, Zoe, häng bloß nicht zu lange bei ihm rum. Sonst

kriegen wir noch Ärger, weil wir einfach hier herumlaufen, ohne jemanden um Erlaubnis gefragt zu haben", warnt mich Paulina.

Ich seufze leise. Sie hat ja recht!

Noch einmal drücke ich vorsichtig meine Stirn an Amorios Nüstern und flüstere ihm zu: „Ich bin gleich wieder bei dir, mein Schatz!"

Dann drehe ich mich um und gehe mit meinen Freundinnen über die Stallgasse entlang zurück zum Ausgang.

„Bestimmt gibt es hier noch einen anderen Stall", verkündet Birte optimistisch.

„Richtig", stimmt ihr Paulina zu. „Kommt, wir sehen zu, dass wir irgendjemanden finden."

Schnell gehen wir hinaus, quer über den Hof zu einer anderen offenen Tür, und werfen einen vorsichtigen Blick hinein.

Aha. Wir schauen in einen großen, lang gestreckten Raum, dessen Wände an beiden Seiten voller Sättel und Trensen hängen. Darunter stehen jede Menge blitzsauberer Putzkisten. Und auf der anderen Seite befindet sich noch eine Tür, die ebenfalls offen steht.

„Das sieht alles total ordentlich aus, fast noch besser als bei uns auf Hof Buchental. Und das ist ja wirklich ein Vorzeige-Reitstall", urteilt Birte. „Schaut mal, neben jedem Sattel hängt sogar ein Schild mit dem Namen des Pferdes, zu dem die Sachen gehören."

„Ja klar. Mit Sauberkeit und Ordnung kann Herr Schwarzer mit Sicherheit jeden Käufer beeindrucken", schlussfolgert Janine.

„Meinst du, er schaut so sehr aufs Äußere?“, zweifelt Maja.

„Als er Amorio abgeholt hat, war er mir jedenfalls ziemlich unsympathisch“, erkläre ich. „Und meine Mutter sagt, die Pferde seien ihm egal. Er schaut nur darauf, dass er möglichst viel Geld aus ihnen herausholt.“

Ärgerlich schüttelt Paulina den Kopf.

Doch da ruft Birte: „He, schaut mal da drüben!“

Tatsächlich. Durch die offene Tür auf der anderen Seite sehen wir, wie ein schlanker Mann in Reithose und T-Shirt ein fuchsfarbenes, gesatteltes Pferd einen Weg hinunterführt.

„Na endlich!“, seufze ich erleichtert. „Wurde aber auch Zeit, dass wir jemandem begegnen.“

Eilig durchqueren wir die Sattelkammer. Als wir hinaus ins Freie treten, bleibt das Pferd stehen und sieht sich neugierig nach uns um. Dadurch bemerkt uns auch der Mann, der sich nun ebenfalls nach uns umschaut. Er hat lockige dunkelblonde Haare und ist höchstens dreißig Jahre alt.

„Guten Tag“, begrüßt er uns freundlich.

„Hallo“, antworte ich und ärgere mich, weil meine Stimme ein bisschen unsicher klingt.

Er lächelt. „Ihr wollt hier aber kein Pferd kaufen, oder?“

„Nein, nein“, erkläre ich schnell. „Wir wollten uns nur mal die schönen Pferde ansehen, wenn Sie es erlauben. Ich heiße Zoe und das hier sind Birte, Paulina, Janine und Maja.“

„Und ich bin Thorsten Berkert, der Bereiter von Herrn Schwarzer“, stellt er sich vor. „Wenn ihr euch hier umsehen möchtet, ist das kein Problem, vorausgesetzt, ihr füttert kein Pferd und macht keine Boxentür auf."

„Natürlich nicht", versichere ich schnell.

„Ist Herr Schwarzer auch da?", fragt Janine.

Zu meiner grenzenlosen Enttäuschung schüttelt er den Kopf. „Nein, leider nicht. Er ist unterwegs, um sich ein paar Pferde anzuschauen, und kommt erst irgendwann heute Abend nach Hause."

„Dürfen wir Ihnen denn auch beim Reiten zusehen?", fragt Birte.

„Das ist kein Problem, ich bin Zuschauer gewöhnt", erklärt er. „Kommt einfach mit."

Dann geht er wieder los, in Richtung des großen Reitplatzes, der nur ein paar Meter entfernt vor uns liegt.

Maja geht ein bisschen schneller, sodass sie ihn einholt. „Wir ... tja, wir haben uns gewundert, warum die Pferde alle im Stall stehen", beginnt sie und ich kann ihr deutlich ansehen, wie viel Mut sie das Reden kostet. „Bestimmt kommen sie morgens oder abends auf die Weide, oder?"

Doch zu meinem Entsetzen schüttelt Herr Berkert den Kopf. „Nein, leider nicht. Wir haben kaum Wiesen und Herr Schwarzer fürchtet, dass sich eines der wertvollen Tiere beim Weidegang verletzen könnte. Dann braucht es vielleicht mehrere Wochen, bis es wieder gesund ist. Und in dieser Zeit kann man es höchstwahrscheinlich nicht verkaufen. Darum bleiben die Pferde hier den Tag über im Stall."

„Die armen Tiere!", entfährt es Birte.

Er zuckt die Achseln. „Ihr habt schon recht, auf Dauer

wäre das wirklich nicht gut. Aber hier wird jedes Pferd wirklich jeden Tag bewegt, denn außer mir reiten auch noch Herrn Schwarzers drei Töchter nach der Schule einige Pferde, und es gibt hier noch einen Kollegen, der die Ställe ausmistet und die Pferde putzt oder in die Führmaschine stellt. Außerdem bleiben die meisten Tiere nur ein paar Wochen hier, dann sind sie schon wieder verkauft. Herr Schwarzer hat ja als Pferdehändler einen sehr guten Ruf. Darum ist diese Art der Haltung durchaus vertretbar, finde ich."

Wenn Sie meinen, denke ich. Meckern bringt eh nichts. Wir müssen jetzt halt noch stärker versuchen, etwas für Amorio zu tun, damit er so schnell wie möglich von hier wegkommt und einen guten Besitzer findet!

Jetzt sind wir am Reitplatz angekommen. Herr Berkert führt den schönen Fuchs in die Mitte der Bahn, zieht den Sattelgurt fest, steigt auf und reitet los. Währenddessen setzen wir uns auf eine Bank, die am Rand des Platzes steht, sehen ihm dabei zu, wie er sein Pferd im Schritt aufwärmt, und reden leise miteinander.

„Ich finde es überhaupt nicht gut, dass die Pferde hier dreiundzwanzig Stunden am Tag in einer engen Box eingesperrt sind. Auch nicht, wenn sie nur ein paar Wochen hierbleiben", flüstert Birte.

„Da hast du absolut recht", urteilt Paulina. „Wenn ich an Emilys Stelle wäre, würde ich das meinem Pferd jedenfalls nicht antun, nicht mal, wenn ich nicht mit ihm zurechtkäme und es verkaufen wollte."

Ich nicke heftig. „Ein paar Wochen können verdammt

lang sein, wenn man fast den ganzen Tag auf einer Fläche von der Größe einer Toilette eingesperrt ist."

„Trotzdem: Haltet besser den Mund, sonst kriegt Herr Berkert noch was mit, und dann erreichen wir für Amorio gar nichts", warnt uns Maja.

Ich nicke nur und wende mich wieder dem Fuchs zu.

Wie hübsch er ist, denke ich und bewundere sein leuchtend rotbraunes Fell, seine langen, schlanken Beine und den wohlgeformten Hals, den er jetzt, wo Herr Berkert die Zügel annimmt, elegant zu wölben beginnt. Fasziniert beobachte ich, wie der Wallach mit großen Schritten antrabt. Unglaublich, wie federnd und kraftvoll seine Bewegungen sind! Herr Berkert kann aber auch sehr gut reiten; nicht ein einziges Mal muss er grob werden oder seine Gerte benutzen. Wir merken kaum, wie die Zeit vergeht; erst als er seinem Pferd nach einiger Zeit die Zügel lang lässt, wird mir klar, dass wir schon seit mindestens einer Dreiviertelstunde hier sitzen.

„Das ist ein tolles Pferd", meint Janine ehrlich bewundernd.

Herr Berkert klopft dem hübschen Fuchs den Hals: „Allerdings. Flying Fox stammt von dem berühmten Hengst Fidermark ab. Er ist erst fünf Jahre alt, aber er ist schon ein richtiger Kracher. Bereits jetzt zeichnet sich ab, dass er eine große Zukunft im Dressursport vor sich hat."

„Wow!", macht Birte beeindruckt. „Was soll er denn kosten?"

Er lächelt. „Von deinem Taschengeld kannst du ihn

bestimmt nicht bezahlen. Herr Schwarzer möchte vierzigtausend Euro für ihn haben."

Als ich die Summe höre, beiße ich mir auf die Lippe. Sooo viel Geld! Ob Amorio auch so teuer ist? Oder ob er vielleicht sogar noch mehr kostet? Was wäre gewesen, wenn er sich bei Arpads verbotenem Ritt wirklich verletzt hätte? Falls man ihn danach nicht mehr hätte reiten können, dann ... Dann wäre meine Mutter jetzt ruiniert und die Erdelyis wären es wahrscheinlich auch. Ein Glück, dass alles gut gegangen ist!

„Ich hoffe nur, dass Fox einen Reiter findet, der ihn nicht schon jetzt auf schweren Dressurprüfungen verschleißt, sondern ihm genug Zeit gibt, um richtig erwachsen zu werden", sagt Herr Berkert.

„Herr Schwarzer achtet doch sicher darauf, dass seine Verkaufspferde gute Besitzer bekommen", wagt Paulina sich vorsichtig vor.

Der Mann zuckt die Achseln. „Weißt du, man kann den Käufern leider nicht hinter die Stirn schauen."

Er lässt sein Pferd anhalten und steigt ab. „So, jetzt bringe ich Fox zurück in den Stall und hole das nächste Pferd. Anton hat es bestimmt schon gesattelt."

Okay, wenn wir für Amorio etwas erreichen wollen, dann müssen wir wohl oder übel mit Herrn Berkert reden. Und wann sollen wir das wohl machen, wenn nicht jetzt?, sage ich mir und atme tief durch. Nur Mut, Zoe! Der Mann hat zwar merkwürdige Ansichten, aber er scheint trotzdem ganz nett zu sein.

„Äh, entschuldigen Sie", beginne ich und stehe auf. „Eigentlich sind wir ja wegen eines bestimmten Pferdes hier. Es heißt Amorio und …“

Er runzelt die Stirn. „Der Amorio interessiert euch? Woher kennt ihr ihn denn? Von einem Reitturnier? Oder von Hof Buchental?“

„Unsere Pferde stehen im gleichen Reitstall wie die von Emily, seiner ehemaligen Besitzerin“, erkläre ich.

Herr Berkert lächelt. „Dann seid ihr heute genau zur richtigen Zeit gekommen. Amorio ist nämlich das Pferd, das ich jetzt reiten will. Wartet hier einfach fünf Minuten, dann komme ich mit ihm zurück.“ Und er führt den Fuchs vom Platz.

„Bingo! Etwas Besseres konnte uns gar nicht passieren“, flüstert Maja erfreut.

Ich nicke nur, weil ich vor lauter Aufregung keinen Ton rausbringe. Am liebsten würde ich Herrn Berkert hinterherrennen, um so schnell wie möglich wieder bei Amorio zu sein. Aber er hat gesagt, wir sollen hier warten. Also tue ich das auch. Ich muss nämlich unter allen Umständen einen guten Eindruck machen!

Die „fünf Minuten“, von denen er gesprochen hat, fließen so langsam dahin wie schmelzendes Wachs, das zäh von einer Kerze hinuntertropft. Immer wieder schaue ich mich um …

Und dann kommt er endlich. Wie ein goldenes Schmuckstück leuchtet er in der Sonne, seine dunkle Mähne weht im leichten Wind und wieder grummelt er leise, als er mich sieht. Ich bin so gerührt, dass ich meine Finger um den Holzbalken der Bank krampfe. Stumm beobachte ich, wie Amorio brav und mit aufmerksam spielenden Ohren, aber auch ein bisschen ungeduldig drängelnd neben Herrn Berkert hergeht.

„Was Amorio betrifft, gebe ich euch recht: Er braucht eindeutig mehr Auslauf", stellt Herr Berkert fest, als er an uns vorbeigeht. „Jedenfalls kann er es kaum erwarten, dass er endlich loslegen darf."

Er hat ein bisschen Mühe, den unruhigen Wallach auf dem Reitplatz zum Stehen zu bewegen. Dann steht Amorio endlich still, Herr Berkert steigt auf und lässt ihn ein paar Minuten im Schritt gehen.

Ob Amorio gleich wieder den Kopf wirft? Ich bin so gespannt, dass ich fast vergesse zu atmen.

Aber der schöne Falbe geht die ganze Zeit über mit schnellen Schritten, doch entspannt vorwärts.

Wenn er so brav bleibt, habe ich wahrscheinlich doch nicht recht, überlege ich. Dann hat er wirklich nicht den Kopf geschüttelt, weil er Schmerzen hatte, sondern weil er Emily nicht mochte.

Oh, hoffentlich, hoffentlich schlägt er nicht mit dem Kopf! Dann findet er bestimmt bald einen guten neuen Besitzer. Vielleicht wohnt der sogar hier ganz in der Nähe und ich darf ihn manchmal besuchen. Das wäre genial!

Nach einer Weile nimmt Herr Berkert die Zügel ein bisschen an. Prompt beginnt Amorio, hektisch mit dem Schweif zu schlagen und unruhig am Gebiss zu kauen. Trotzdem fängt er brav an zu traben, geht gehorsam Schlangenlinien und Zirkel. Dann will Herr Berkert ihn anhalten, er nimmt die Zügel fester an – und Amorio wirft hektisch den Kopf!

Ich beiße mir auf die Lippe.

„Nein!", ermahnt ihn sein Reiter. Wenigstens ist Amorio stehen geblieben, nun geht er wieder im Schritt und danach im Trab. Aber er wirkt ziemlich unzufrieden.

„Irgendwas gefällt ihm nicht", flüstert mir Maja zu, die rechts neben mir sitzt.

„Worauf du dich verlassen kannst", bestätige ich.

Eine Weile geht alles einigermaßen gut. Herr Berkert reitet sogar zweimal Galopp, doch Amorio schlägt wieder ein paarmal hektisch mit dem Schweif und legt öfter die Ohren flach an den Kopf.

Trotzdem denke ich hoffnungsvoll: Vielleicht war das Kopfschlagen eben nur ein kleiner Ausrutscher. Vielleicht geht ja doch alles gut, Herr Berkert ist mit Amorio zufrieden und ...

Da! Amorio galoppiert wieder an; dabei wird er etwas zu schnell, Herr Berkert nimmt die Zügel fester an – und Amorio wirft wieder den Kopf, noch heftiger als vorher!

„Menschenskind!", schimpft sein Reiter, aber er lässt sein Pferd in flottem Tempo zwei ganze Bahnen und mehrere Zirkel weitergaloppieren. Danach wechselt er aus dem Zirkel; Amorio springt brav um und galoppiert ruhig, wenn auch ein bisschen steif weiter.

„Du hast absolut recht: Er wirft nur den Kopf, wenn Herr Berkert die Zügel annimmt", wispert mir Birte zu, die links neben mir sitzt. „Es könnte also wirklich sein, dass ihm etwas im Maul wehtut."

Maja nickt. „Wir müssen gleich unbedingt mit Herrn Berkert reden."

Wenige Minuten später ist der Ritt beendet. Herr Berkert lässt die Zügel lang, Amorio streckt den Hals … und stößt einen tiefen Seufzer aus.

Paulina beugt sich hinter Birtes Rücken zu mir herüber und sagt leise: „Er scheint froh zu sein, dass alles vorbei ist. Und das, obwohl er Tag und Nacht in einer engen Box stehen muss. Irgendwas stimmt nicht, darauf würde ich meinen Hintern verwetten."

Ich nicke nur. Dann atme ich tief durch, stehe auf und gehe zur Umzäunung des Reitplatzes.

„Amorio ist ein toller Kerl, nicht wahr?", frage ich vorsichtig.

„Allerdings", bestätigt Herr Berkert. „Er gehört sicher zu den besten Dressurpferden, die ich je geritten habe. Und das, obwohl Herr Schwarzer hier nur sehr gute Pferde stehen hat. Aber leider macht er es mir nicht immer einfach."

„Sie meinen das Kopfschlagen?", hake ich nach.

„Ja", gibt er zu. „Das macht Amorio wirklich jedes Mal, wenn jemand auf ihm reitet. Manchmal versucht er dann sogar zu steigen. Das ist eine gravierende Untugend und ziemlich gefährlich. Darum wollen die Münzkötters ihn ja auch verkaufen. Ich glaube nicht, dass er einen neuen Besitzer findet, solange er sich so benimmt, aber ich bin fest entschlossen, ihm diese schlechte Angewohnheit auszutreiben. Allerdings werde ich dafür wohl noch eine Weile brauchen."

„Woran kann so etwas denn liegen?", fragt Maja, die neben mich getreten ist.

Herr Berkert seufzt. „Ich denke, der arme Kerl ist überfordert. Neue Besitzer, neue Umgebung ... Manche Pferde sind so sensibel, dass ihnen all das zu viel wird und sie eine lange Zeit brauchen, um sich einzugewöhnen. Und hier auf dem Hof von Herrn Schwarzer ist für ihn schon wieder alles fremd."

Er schüttelt den Kopf. „Aber macht euch mal keine Sorgen. Ich werde mein Bestes tun und mit der Zeit kriegen wir das schon wieder hin."

Jetzt muss ich unbedingt den richtigen Ton treffen, denke ich und kralle vor Anspannung meine Fingernägel in das Holz des Zaunes.

„Könnten Amorios Schwierigkeiten nicht auch einen anderen Grund haben?", schlage ich vorsichtig vor. „Ich meine ... also, wenn ich mich nicht irre, schlägt Amorio nur dann mit dem Kopf, wenn Sie die Zügel annehmen. Vielleicht tut ihm dann ja irgendwas weh, zum Beispiel im Maul."

Der Blick, den der Bereiter mir jetzt zuwirft, spricht Bände. Zum ersten Mal wirkt er ungehalten. Bestimmt denkt er gerade so was Ähnliches wie: Glaubst du kleines, unerfahrenes Mädchen etwa wirklich, du könntest mir etwas über Pferde erklären?

Oh nein, ich habe verloren!, erkenne ich und beiße mir auf die Lippe.

Zu meinem Erstaunen schlägt Herr Berkert aber wieder einen ruhigen und freundlichen Ton an. „Glaube mir, ich weiß, wann ein Pferd überfordert ist. Das habe ich nämlich durchaus schon mal erlebt."

„Ja, ganz bestimmt haben Sie das", erkläre ich schnell. „Aber könnte es nicht doch sein, dass er ...?"

Doch er schüttelt den Kopf. „Nein. Ich denke ganz und gar nicht, dass Amorio Schmerzen im Maul hat. Sonst würde er nämlich nicht so gut fressen. Aber um seinen Appetit mache ich mir überhaupt keine Sorgen. Wirklich nicht."

Da hat er recht. So weit hatte ich überhaupt nicht gedacht, muss ich mir eingestehen. Außerdem ... Wenn Herr Berkert jetzt auch sagt, dass Amorio überfordert ist, genau wie Arpad und meine Mutter und auch Herr Sattler ... Könnten sie nicht vielleicht doch recht haben?

Nein. Amorio wird nicht alles zu viel. Oder zumindest ist das nicht der einzige Grund für sein Verhalten. Sonst wäre er nämlich vor gut einer Woche nicht so urplötzlich unter Emily gestiegen. Aber Herr Berkert hat das ja nicht gesehen. Und Herr Schwarzer auch nicht.

Blitzschnell schießen mir diese Gedanken durch den Kopf und plötzlich glaube ich wieder daran, dass ich doch recht haben könnte. Aber was soll ich machen? Herr Berkert nimmt mich ja doch nicht ernst.

Enttäuscht lasse ich den Kopf hängen.

„Nun mach dir mal keine Sorgen. Ich finde es in Ordnung, dass du noch mal nachgehakt hast", tröstet mich Herr Berkert. „Es ist gut, dass du dir Gedanken um Amorio machst. Viele Reiter tun ungehorsame Pferde nämlich sofort als *böse* oder *unerzogen* ab, statt sich zu überlegen, warum sie nicht brav sind."

Danke für das Lob. Aber Amorio ist damit leider nicht geholfen, denke ich und schenke ihm ein trauriges Lächeln.

Ermutigend zwinkert er mir zu, dann lässt er Amorio anhalten und gleitet aus dem Sattel. „So, mit ihm bin ich für heute fertig. Als Nächstes werde ich einen dreizehnjährigen Hengst reiten, der sogar S-Dressuren geht. Wenn ihr wollt, könnt ihr dabei auch noch zuschauen."

Maja wirft einen Blick auf ihre Armbanduhr und sagt leise zu mir: „Also, ich muss heute Abend pünktlich zu Hause sein."

„Und wir wollen doch gleich noch ausreiten", erinnert uns Paulina.

„Vielen Dank für das Angebot, Sie sind echt nett. Aber wir müssen jetzt nach Hause", erklärt Birte.

Und ich füge schnell hinzu: „Dürfen wir denn mal wiederkommen?"

„Kein Thema", meint Herr Berkert, der gerade Amorios Sattelgurt lockert.

Wir verabschieden uns und gehen den Weg hinauf, durch die Sattelkammer und über den Hof zu unseren Fahrrädern.

Weil ich die ganze Zeit über schweigend neben ihr hertrotte, versucht Janine, mich zu trösten. „Nun verlier nicht gleich den Mut! Sieh mal: Herr Berkert versteht doch jede Menge von Pferden. Vielleicht hat er ja recht. Dann wird er Amorio sein schlechtes Benehmen mit der Zeit bestimmt austreiben und einen guten neuen Besitzer für ihn finden."

Doch ich schüttele den Kopf. „Ich glaube trotzdem, dass er sich irrt. Du hast ja nicht gesehen, wie panisch Amorio unter Emily gestiegen ist. So heftig wehrt sich kein Pferd, nur weil ihm alles zu viel wird. Ganz sicher nicht. Ich fürchte, dass Amorio in dem Moment Schmerzen hatte, und zwar nicht zu knapp."

Traurig zuckt Paulina die Achseln. „Trotzdem: Wir können ihm nicht helfen. Wir haben wirklich alles versucht, aber wir sind keinen Schritt weitergekommen. Du kannst nichts mehr tun.“

Nein, das kann ich wirklich nicht, denke ich bedrückt. Ich bin schlicht und ergreifend total machtlos. Alles war umsonst.

Kapitel 8

Jede Menge Sorgen

Du, Zoe, wir müssen uns heute alleine um Favory kümmern“, erklärt Maja, die im Reitstall schon auf mich gewartet hat. „Arpad gibt Emily heute nämlich wieder eine Reitstunde.“

„Das darf ja wohl nicht wahr sein!“, stöhne ich. „Langsam nimmt das mit den beiden aber wirklich überhand. Sollte er nicht besser noch mal mit Favory üben, einen steilen Abhang hinunterzureiten?“

Am kommenden Wochenende ist nämlich schon der große Nachdreh-Termin im Kloster Eiblwang. Der Regieassistent ist bereits seit ein paar Tagen vor Ort, er hat einen flacheren Abhang für Arpads Stunt ausgesucht, jede Menge Fotos davon gemacht und sie Attila gemailt. Außerdem hat Arpad an einer Stelle hier in der Nähe fleißig das Abwärtsreiten geübt. Trotzdem ...

Maja breitet hilflos die Arme aus. „Ich weiß ja auch nicht, was neuerdings in ihn gefahren ist.“

Es ist wirklich zum Verrücktwerden. Und das nicht nur wegen Arpad! Trotz des wachsenden Stresses in der Schule bin ich in den letzten Tagen nämlich noch zweimal zum Hof von Herrn Schwarzer gefahren, um Amorio zu besuchen. Doch dabei habe ich nichts Gutes gehört: Sosehr Herr Berkert sich auch um ihn bemüht – bis jetzt hat sich an seinem Kopfwerfen leider absolut nichts geändert, es ist eher noch schlimmer geworden. Und wie mir Emily erzählt hat, haben sich schon eine ganze Reihe Leute Amorio angesehen, doch bisher hat ihn noch niemand kaufen wollen. Das ist ja auch kein Wunder. Wer möchte sich denn ein teures Dressurpferd anschaffen, das seinem Reiter solche Schwierigkeiten macht?

Ich mache mir große Sorgen um ihn. Wenn ich nur daran denke, dass er jetzt schon so lange Tag und Nacht in einer engen, dunklen Box leben muss, werde ich wütend. Aber sosehr ich mir auch den Kopf zerbreche, mir fällt absolut nicht ein, wie ich ihm helfen könnte.

Dabei ist sein Schicksal wirklich nicht das Einzige, was mir auf der Seele lastet. Denn da ist noch die Geschichte mit Arpad und Emily. Wie versprochen, hat Arpad ihr seit ihrer Versöhnung schon ein paarmal Reitstunden gegeben. Überhaupt ist er unglaublich nett zu ihr. Sogar Maja fürchtet inzwischen, dass er sich vielleicht doch in Emily verknallt haben könnte; schließlich gibt es jetzt keinen Amorio mehr, den er als Grund für sein Getue vorschieben könnte. Emily ist über die unerwartet positive Entwicklung der Dinge jedenfalls ganz aus dem Häuschen.

Und ich? Mich treibt Arpads Verhalten beinahe in den Wahnsinn; manchmal kann ich deswegen nachts nicht einschlafen. Am allerliebsten würde ich ihn einfach vergessen. Aber dummerweise kriege ich immer noch Herzklopfen, wenn ich in seine Nähe komme. Hätte ich ihn vielleicht besser nie kennengelernt?

Aber dann wäre Maja jetzt nicht meine Freundin, Filou

würde immer noch nicht über die steinerne Brücke gehen und ich wäre nie und nimmer Statistin bei *Das Erbe der Musketiere* geworden. Hach, ist das alles kompliziert. Ich weiß gar nicht mehr, was ich denken soll!

Was mich im Moment noch aufrecht hält, sind mein liebes Pony Filou, meine Arbeit mit Favory und der nahende Nachdreh im Kloster Eiblwang. Wenigstens ist Filou fit und mit Favory läuft es super. Trotz seiner beeindruckenden Kraft ist der brave Kerl immer voll bei der Sache. Ich hab inzwischen nur noch Respekt, aber keine richtige Angst mehr vor ihm.

„Wie ist es, sollen wir nicht ausreiten?“, fragt mich Maja gerade. „Arpad kümmert sich ja lieber um Emily. Da könnte ich doch Benno nehmen.“

Zum Teufel mit Arpad!, denke ich, zwinge mich trotz meines Frustes zu einem Lächeln und antworte: „Ja klar, warum nicht? Unseren Filou hat sich meine Mutter sowieso für heute Abend für eine Reitstunde bei Herrn Sattler reserviert. Aber bevor wir loslegen, bringe ich meinem kleinen Schatz auf jeden Fall noch eine Möhre vorbei.“

Sie grinst. „Ja klar, mach nur. Ich fange in der Zwischenzeit schon mal damit an, die Pferde zu putzen.“

Gemeinsam gehen wir durch das kleine Tor, dann biegt sie zum großen Laufstall ab, in dem Favory und Benno untergebracht sind. Ich dagegen gehe zu der großen Weide, auf der Filou grast. Im Vorbeigehen rufe ich Arpad, der auf dem Reitplatz steht und Emily mit Sunrise konzentriert beobachtet, ein besonders freundliches „Hallo!“

zu. Allerdings bin ich fest entschlossen, die beiden danach nicht mehr zu beachten.

Mein liebes Pony steht schon wartend am Zaun. Ich ziehe seine Möhre aus der Tasche meiner Reithose, klettere unter dem Weidezaun durch und gebe sie ihm. Während Filou sie krachend zerkaut, lege ich meine Arme um seinen Hals und drücke mein Gesicht in sein dichtes Fell.

„Ach, mein Liebling, was bin ich froh, dass ich dich habe", murmele ich dabei. „Du würdest dich nämlich niemals mit so einer doofen Zicke wie Emily einlassen."

„Nun fass ihn mal nicht so hart an!", höre ich Arpad rufen.

Gegen meinen Willen hebe ich den Kopf und schaue zu den beiden hinüber. Da steht er in der Mitte der Bahn und gestikuliert mit beiden Händen, um Emily etwas zu erklären. Die hat Sunrise angehalten und hört ihm aufmerksam zu.

Ein Gutes könnte es schon haben, wenn Arpad sich so intensiv um Emily kümmert, erkenne ich. Mit ein bisschen Glück bringt er sie nämlich vielleicht dazu, fairer mit ihrem Pferd umzugehen. Möglicherweise ist Emily sogar so sehr in ihn verknallt, dass sie komplett umdenkt und ihren Sunrise nicht mehr wie ein teures Sportgerät, sondern endlich wie ein fühlendes Lebewesen behandelt. Darum sollte ich das Ganze vielleicht auch mal positiv sehen. Oder es wenigstens versuchen.

Aber es hilft alles nichts. Die eifersüchtige Schlange in meinem Bauch meldet sich wieder; sie treibt regelrecht Leistungssport! Am liebsten würde ich unter dem Zaun durchkriechen, zu dem Apfelbaum dort hinten hinübergehen, eine der angefaulten Früchte vom Boden aufheben und sie Emily an den Kopf werfen.

Aber dann steigen mir garantiert wieder Herr Sattler und die lieben Münzkötters aufs Dach und Mama gibt mir noch mal Stubenarrest. Nein danke!

Die Tatsache, dass Filou mich zärtlich anstupst, reißt mich aus meinen trüben Gedanken.

„Du hast ja recht, ich muss mich mehr um dich kümmern“, gebe ich zu und kraule ihn an der Mähne. „Soll Arpad doch machen, was er will! Wir beide kommen auch ohne ihn klar.“

Eine Weile bleibe ich noch bei meinem lieben Pony, streichele es und zwinge mich, nicht mehr zu Arpad hinüberzuschauen. Dann gehe ich zu Favorys und Bennos Laufstall.

„Alles klar mit Filou?“, fragt mich Maja, die Benno schon fertig gebürstet hat und ihm gerade die Hufe auskratzt.

„Ja, zum Glück“, bestätige ich. „Er scheint die letzten warmen Sommertage richtig zu genießen.“ Dann ziehe ich Favory sein Halfter an und binde ihn an einem Pfosten des Laufstall-Zaunes fest.

Während er in der warmen Sonne döst, muss ich wieder an Amorio denken. Der arme Kerl steht jetzt garantiert in seiner düsteren Box und kann sich höchstens mal um seine eigene Achse drehen.

Was für ein trauriges Leben er doch hat, überlege ich und beginne mit dem Striegeln. An seiner Stelle würde ich verrückt vor Langeweile werden. Hoffentlich gewöhnt sich Amorio deswegen bloß nicht irgendwelchen Unsinn an! Ach, wenn ich ihm doch nur helfen könnte!

Diese Gedanken tun mir so weh, dass ich die Zähne zusammenbeiße und mir die größte Mühe gebe, mich ganz auf Favory zu konzentrieren. Doch dann sehe ich aus den Augenwinkeln, wie Arpad neben Emily und Sunrise her über den Weg in den Innenhof spaziert und in mir steigt derart der Ärger hoch, dass ich Favory grob anfahre, als er mit einem Hinterhuf unter seinen Bauch nach einer Fliege tritt.

„Was ist denn mir dir los?“, fragt mich Maja überrascht.

„’tschuldigung. Ich musste nur gerade an Amorio denken und das hat mich wütend gemacht“, gestehe ich die halbe Wahrheit. „Aber dafür kann ja Favory nichts.“ Dabei klopfe ich dem unruhig mit den Ohren spielenden Lipizzaner beruhigend den Hals.

„Ja, der arme Amorio hat’s nicht einfach“, gibt sie verständnisvoll zu. „Aber wir können ihm leider …“

„Ich weiß schon, wir können ihm nicht helfen“, sage ich bedrückt und nehme den Hufkratzer aus dem Putzkasten. „Du ahnst ja nicht, wie oft ich an ihn denken muss.“

Sie lächelt traurig. „Ich kann’s mir total gut vorstellen.“

Wir satteln unsere Pferde und trensen sie auf, dann verlassen wir Hof Buchental durch das kleine Tor in der Mauer und reiten im Schritt am Höllbach entlang.

Der gute Favory schafft es tatsächlich, mich aus meinen trüben Gedanken herauszureißen – schon, weil ich mich jetzt voll und ganz auf ihn konzentrieren muss. Maja und ich traben eine lange Strecke, dann legen wir einen ruhigen Galopp über ein großes Stoppelfeld ein.

Wie viel Spaß das macht! Favorys Galopp ist rund und schön weich zu sitzen, der Wind pfeift in meinen Ohren und ich bin unendlich stolz. Wie entspannt der schöne Lipizzaner geht! Und wie leicht es mir inzwischen fällt, ihn zu reiten!

Jawohl: Ich, Zoe, ein Mädchen von noch nicht ganz dreizehn Jahren, bin wirklich und wahrhaftig in der Lage, mit einem richtigen Lipizzanerhengst klarzukommen, sogar im Galopp mit ihm über ein Stoppelfeld zu reiten!

Okay, zugegeben: Favory ist ein ziemlich braver Lipizzanerhengst, aber trotzdem …

Ach, Arpad und die blöde Emily können mir gestohlen bleiben. Und damit basta!

Als ich nach Hause komme, ist es schon Abend. Meine Mutter hat bereits den Tisch gedeckt und ich lasse mich hungrig auf meinen Platz plumpsen, nehme mir gleich ein Brötchen und lege schnell eine Scheibe Käse darauf.

„Heute hat die Hollywood-Produktionsfirma das Honorar für deinen Einsatz als Statistin auf mein Konto überwiesen“, sagt Mama, als ich ein paarmal abgebissen habe. „Weil du ja auch als Stuntgirl gearbeitet hast, ist das gar nicht mal so wenig Geld. Ich hab es gleich auf dein Sparbuch umbuchen lassen.“

Jetzt bin ich schon wieder richtig stolz auf mich. Schade nur, dass ich noch nicht von Beruf Stuntgirl sein kann! Dann hätte ich bestimmt irgendwann so viel Geld, dass ich sogar den superteuren Amorio bezahlen könnte. Und dann würde ich …

Ja, was würde ich dann eigentlich machen?

Ich würde Mama bitten, ihn zu untersuchen. Falls sie nichts fände, würde ich einen Tierarzt bestellen. Und wenn auch der keinen Grund für Amorios Kopfschütteln entdecken könnte, würde ich mein Pferd einfach ein paar Monate lang auf der Weide ausruhen lassen, damit es sich von dem Stress mit den dauernden Stall- und Besitzerwechseln erholen könnte. Danach würde ich ganz vorsichtig anfangen, mit ihm spazieren zu gehen und Bodenarbeit zu machen. Mit der Zeit würde ich ihn natürlich auch wieder reiten. Wetten, dann würde er mir keine Schwierigkeiten mehr machen?

Ach, Zoe, hör auf zu träumen!, ermahne ich mich. Amorio ist absolut unerreichbar für dich. Auch wenn der Nachdreh am kommenden Wochenende noch mal ein bisschen Geld bringt, ist er trotzdem viel zu teuer für dich.

Es ist zum Haareausraufen: Alle schauen nur danach, wie viel Geld Amorio wert ist. Keinem ist wichtig, dass es ihm gut geht. Genau daran müsste man etwas ändern. Aber das ist wohl unmöglich.

Kapitel 9

Dramatische Dreharbeiten

Ich bin total aufgeregt. Denn es ist Freitagnachmittag und wir sitzen wieder im Auto des Reiter-Stuntmans László Lovas, Herrn Erdelyis gutem Freund. Wieder geht es zum Kloster Eiblwang, zum Nachdreh von *Das Erbe der Musketiere!*

Nach der Schule habe ich gleich meine Sachen gepackt und Mama Auf Wiedersehen gesagt. Dann ging es auch schon los.

Keine Ahnung, warum ich so nervös bin. Immerhin hab ich schon drei Wochen Dreharbeiten mitgemacht, da sollte ich mich doch langsam an alles gewöhnt haben. Aber die Atmosphäre auf dem Set war so aufregend und ich hab so viele berühmte Leute kennengelernt, ja mich sogar mit dem bekannten Schauspieler Travis Lauter angefreundet. Außerdem bekomme ich jetzt noch eine eigene Szene, in der ich sogar ganz aus der Nähe gezeigt werde, genau wie eine richtige Schauspielerin!

Hoffentlich kriege ich das bloß hin! Und hoffentlich hält das gute Wetter mindestens bis Samstagnacht!, denke ich besorgt, weil der Wetterbericht für Samstagabend ein Gewitter angekündigt hat. Wenn das zu früh aufzieht, muss die Produktionsfirma die Außenaufnahmen mit Arpad an dem steilen Hang doch noch auf die nächste Woche verlegen. Dann kann ich nicht bei dem schwierigen Stunt zusehen, sondern muss in der Schule hocken, ihm nervös die Daumen drücken und hoffen, dass alles gut geht.

Da meldet sich mein Handy, ich fingere in der Tasche meines Hoodies und ziehe es heraus.

„Nachricht von Travis, wie schön", sage ich zu Arpad und Maja, die es sich neben mir auf dem Rücksitz des Autos bequem gemacht haben.

Arpad grinst breit. „Der Gute kann es bestimmt kaum erwarten, dich endlich wiederzusehen."

Genervt verdrehe ich Augen. „Ja klar, und ich warte händeringend auf den Moment, in dem ich in seine Arme sinken darf."

Arpad verzichtet auf eine Antwort und zieht es vor, aus dem Fenster zu schauen.

„Was schreibt er denn?", fragt Maja.

Ich rufe die Nachricht auf und lese vor: „Hi Zoe! Bin gerade angekommen. Freue mich sehr auf euch."

Weil Arpad nur irgendwas Unverständliches knurrt, wende ich mich gleich wieder Maja zu. „Hoffentlich haben wir morgen Abend gutes Wetter, sonst können wir die Außenaufnahmen mit Arpad vergessen."

„Mach dir mal keine allzu großen Sorgen", beruhigt mich Attila vom Beifahrersitz aus. „Ich hab mir eben noch mal den Wetterbericht im Internet angesehen. Inzwischen erwartet man erst für Samstagnacht Gewitter. Das heißt: Wir dürfen am Abend auf einen wunderschönen, romantischen Sonnenuntergang hoffen."

László setzt den Blinker und fährt von der Autobahn

ab. An der Kreuzung ist Kloster Eiblwang schon ausgeschildert. Nicht mehr lange und wir sind da!

Tatsächlich fahren wir nur zehn Minuten später auf das mit Heiligenfiguren geschmückte Tor des Klosters zu. Und wer steht da, an die Mauer gelehnt? Travis Lauter!

Arpad lächelt mich gönnerhaft an. „Na also, da ist er ja schon."

„Nun hör endlich auf zu nerven!", grolle ich.

László hält kurz an und lässt Maja und mich aussteigen, dann fährt er mit Arpad und Herrn Erdelyi zu der großen Weide, auf der wir Favory unterbringen und unsere Zelte aufbauen wollen.

Freudestrahlend kommt uns Travis entgegen. „Hallo!", sagt er in seinem erstaunlich guten Deutsch. „*I'm* … also, ich freue mich ja so." Dann nimmt er zuerst mich und danach Maja in den Arm.

„Und, wie geht's?", frage ich ihn. „Wie waren die Dreharbeiten im Filmstudio?"

Er zuckt die Achseln. „Hat eigentlich alles gut geklappt, sogar den Zeitplan haben wir eingehalten. Aber das Drehen hier draußen mit dir und Arpad und den Pferden hat eindeutig mehr Spaß gemacht. Ich meine, wo im Studio die einzige Darstellerin in meinem Alter doch April Winterheart war …"

„Du Armer!", bedauere ich ihn grinsend. „Musstest du sie denn auch wieder küssen?"

„Und ob. Sogar in drei Szenen", seufzt er und verdreht die Augen. „Aber wenigstens ist sie hier nicht dabei."

„Das ist ja eine Überraschung", erkläre ich und versuche, mir meine Freude nicht allzu sehr anmerken zu lassen.

April ist nämlich eine Zicke, die es ziemlich auf mich abgesehen hatte. Also ehrlich: Jetzt freue ich mich noch mehr auf die Dreharbeiten als vorher!

Puh, was war das für eine Nacht! Vor lauter Aufregung habe ich schlecht geschlafen und mich herumgewälzt. Immer wieder bin ich aus unruhigen Träumen hochgeschreckt und dann hab ich jedes Mal gedacht: Hoffentlich kriege ich die Aufnahmen bloß gut hin! Hoffentlich hält das Wetter! Und hoffentlich, hoffentlich schafft Arpad den Ritt den Abhang hinunter!

Wenigstens scheint heute Morgen die Sonne und der Himmel ist strahlend blau. Ich bin immer noch ein bisschen aufgeregt, allerdings lange nicht mehr so wie diese Nacht. Wenn man richtig wach ist und gut gefrühstückt hat, sieht die Welt halt gleich ein bisschen besser aus. Und zum Glück muss ich April Winterheart heute nicht über den Weg laufen. Was die anderen Mitglieder des Teams angeht, freue ich mich darauf, sie wiederzusehen. Vor allem auf die nette Kostümbildnerin Eileen Miller, die meinen Filou so gerngehabt hat.

Sie ist dann auch die Erste, die uns heute Morgen im Innenhof des Klosters begrüßt. „*Come on, hurry up!*“ Sie drängelt uns so sehr, dass ich Travis, der in ein paar Metern Entfernung über den Hof geht, nur eilig zuwinken kann.

Wir sitzen schon einige Zeit in der Maske, als plötzlich Attila Erdelyi in den Raum kommt.

Oha, denke ich überrascht. Irre ich mich oder ist er wirklich ein bisschen blass um die Nase?

„Arpad, ich muss mit dir reden“, sagt er ernst.

„Was ist denn los?“, fragt sein Sohn alarmiert.

„*Sit quietly, please!*“, ermahnt ihn Eileen, still zu sitzen, damit sie ihm die langhaarige Perücke aufsetzen kann.

Attila humpelt zu seinem Sohn hinüber und beginnt, leise mit ihm zu reden. Weil ich direkt danebensitze und meine Haare von einer deutschen Friseurin zu einer superschicken Frisur hochgesteckt bekomme, kann ich die beiden trotzdem verstehen.

„László und ich waren gerade dabei, Favory und Bailador zu putzen ...“, beginnt er.

„Ja und, ist Favory etwas passiert?“, unterbricht ihn Arpad aufgeregt.

„*Sit still!*“, wiederholt Eileen ein bisschen genervt.

„Nein, nein, mit den Pferden ist alles in Ordnung“, erklärt Attila schnell. „Aber währenddessen hat mich der erste Regieassistent angesprochen. Er war eben an dem Abhang, den du heute Abend hinunterreiten sollst. Der muss aber in den letzten Tagen von Wühlmäusen bearbeitet worden sein, denn jetzt ist er voller Löcher; an mehreren Stellen droht er sogar einzusinken. Dort zu reiten, wäre viel zu gefährlich für dich.“

„Auweia!“, rufe ich erschrocken aus.

„Still halten!“, ermahnt mich nun auch meine Friseurin.

Arpad ist ebenfalls blass geworden. „Ja, und jetzt?“, fragt er erschrocken.

„Ein paar Leute von der Crew machen sich gerade auf den Weg, um einen neuen Abhang auszusuchen, der vor der Kamera dramatisch wirkt, aber trotzdem nicht zu gefährlich ist", erklärt Attila. „Und sie möchten mich gerne mitnehmen. Die Szene im Klosterhof schaffst du ja auch alleine, oder? Allerdings ..." Er reibt sich das Kinn. „Ich hoffe nur, dass wir bis zum Abend eine passende Stelle finden, die du mit Favory gut schaffen kannst."

„He, Papa, nun mach dir mal nicht so 'nen Kopf. Bis zum Sonnenuntergang ist noch jede Menge Zeit", beruhigt ihn Arpad.

Aber ich kann ihm deutlich ansehen, dass auch er ein bisschen nervös geworden ist.

Gleich bin ich an der Reihe! Geschminkt, in einem wunderschönen langen Kleid und mit einem kostbar wirkenden Geschmeide um den Hals stehe ich in der Klosterkirche und warte auf meinen Einsatz. Ich soll als Kammerzofe der Prinzessin ein geheimes Treffen zwischen dem Helden Jean-Philippe d'Artagnan und seiner Angebeteten in der mit Heiligenfiguren, Gemälden und Stuckornamenten prächtig geschmückten Kirche vorbereiten. Dafür soll ich geschäftig in dem prunkvollen Raum herumwuseln und überall nachschauen, ob auch bestimmt alles sicher ist und sich nicht doch noch irgendwo ein unerwünschter Beobachter versteckt hat. Für eine einfache Statistin ist das wirklich eine ziemlich große Szene. Meine Freundinnen werden vielleicht Augen machen, wenn sie mich nächstes Jahr im Kino sehen! Und meine Mutter erst ...

Ich bin echt total stolz, denn ich weiß ja, dass diese Szene nur eingebaut wurde, weil ich vor der Kamera so eine tolle Ausstrahlung habe.

Jetzt ertönt das „*Action!*“ und ich lege los, schaue in den Beichtstuhl, hinter eine offene Tür, hinter den Altar, ja, ich steige sogar auf den Predigtstuhl … Und ich gebe mir wirklich die größte Mühe, aber aus irgendeinem Grund ist Angelina Jones noch nicht einverstanden. Ich solle mich bitte besser konzentrieren, lässt sie mir über Anne Davenport, die zweite Regieassistentin, ausrichten.

Konzentrieren soll ich mich? Verdutzt sehe ich sie an. Ich hab mir doch ganz viel Mühe gegeben. Das heißt … na gut, ich muss ja zugeben, dass mich der Gedanke an Arpad und die Suche nach einem passenden Abhang total beschäftigt. Doch ich hätte nie gedacht, dass man mir das so deutlich ansieht. Aber andererseits ist Angelina Jones ja auch ein erfahrener Profi.

Also auf ein Neues. Ich gehe zu meinem Ausgangspunkt zurück, hebe meinen langen Rock an, laufe eilig los …

Huch! Jetzt bin ich doch tatsächlich mit meinem Kleid an einer Kirchenbank hängen geblieben, um ein Haar hätte ich es zerrissen!

„*Cut!*“, ruft jemand und die Szene beginnt von Neuem.

So, jetzt kommt's aber wirklich drauf an!, sage ich mir und marschiere noch einmal los, richte hier etwas, hänge dort ein Bild gerade, schaue wirklich überall nach …

„*Cut!*“, ertönt es wieder.

Gespannt sehe ich zu Angelina Jones hinüber.

Diesmal scheint alles gepasst zu haben, denn sie nickt mir zufrieden zu. Trotzdem soll ich das Ganze noch einmal wiederholen, weil mich die Kamera diesmal aus einem anderen Blickwinkel filmen wird.

Na gut, dann halt alles noch mal von vorn. Ich seufze leise und gehe zu meinem Ausgangspunkt zurück.

Filme zu drehen, ist richtig harte Arbeit, das weiß ich eigentlich schon von meinen ersten drei Wochen als Statistin. Aber ich hatte doch glatt wieder vergessen, wie anstrengend es ist.

Diesmal klappt es besser, offenbar habe ich mich jetzt wieder richtig in meinen Job eingefunden. Nach dem zweiten Mal ist Angelina Jones jedenfalls schon zufrieden, ja, sie lächelt mir sogar anerkennend zu.

Wie gut das tut! Erst recht, wo ich jetzt erst merke, wie verschwitzt ich bin – und das, obwohl es in der Kirche so schön kühl ist. Jetzt muss ich in meinem langen Kleid mit den drei Unterröcken auch noch hinaus in den sonnigen Hof, wo man bereits alles für Arpads nächste Szene vorbereitet. Aber ich darf erst mal das warme Kostüm loswerden und Mittag essen, bevor die Dreharbeiten weitergehen. Dann überbringt Arpad als Jean-Philippe d'Artagnan offenbar eine wichtige Botschaft, denn er soll auf Favory in den Hof reiten und elegant absteigen, die Zügel einem wartenden Knecht übergeben und dann eiligen Schrittes die große Freitreppe hinauflaufen.

Knapp zwei Stunden später stehe ich in Jeans und T-Shirt am Rande des Geschehens, um Arpad bei seinem Einsatz zuzusehen.

„*Action!*", ertönt es und er reitet in den Hof.

Wie toll er aussieht, mit dem kurzen Mantel, dem Degen an seiner linken Seite und dem breitkrempigen, tief in die Stirn gezogenen Federhut, im Sattel des bildschönen Favory, der elegant seinen im hellen Sonnenlicht schimmernden Hals biegt, während sein Schweif und seine lange Mähne bei leichtem Wind wehen …

Warum hat man überhaupt Travis Lauter für die Rolle engagiert und nicht gleich Arpad?, frage ich mich. Besser kann der gute Travis den tapferen Helden nämlich auch nicht spielen.

Ein Held muss Arpad allerdings auch sein. Wenn er nachher den Abhang herunterreitet, wird er nämlich ganz schön viel Mut brauchen. Hoffentlich, hoffentlich finden die Leute von der Regie eine geeignete Stelle, die nicht allzu gefährlich ist!

Jetzt ist Arpad neben dem „Stallknecht“ angekommen, der in Wirklichkeit ein Statist aus dem Dorf Eiblwang ist. Elegant schwingt er sich vom Pferd, gibt dem Mann die Zügel, geht eilig die Treppe hinauf …

„*Cut!*“, ertönt es von der Regie, Arpad dreht sich um und geht zu der Regisseurin, um sich mit ihr zu besprechen.

Konzentriert beobachte ich, wie sich die beiden unterhalten. Angelina Jones ist schon recht zufrieden, das sieht man an ihrem Gesichtsausdruck. Dennoch schickt sie Arpad noch einmal zurück. Während er wieder aufs Pferd steigt und zum Tor hinausreitet, redet sie mit dem Kameramann, der daraufhin ein bisschen seine Position ändert. Dann hat's diesmal offenbar nicht an Arpad gelegen, denke ich zufrieden.

Wieder heißt es: „*Action!*“, und Arpad reitet los.

Ach, wenn er sich doch nur ein kleines bisschen für

mich interessieren würde!, überlege ich. Stattdessen hängt er mit Emily ab, dieser doofen Zicke. Nur gut, dass die heute nicht hier ist! Bestimmt hätte sie sich mal wieder total aufgedonnert und jetzt würde sie händeringend am Set stehen und Arpad mit großen Augen anhimmeln.

Ärgerlich beiße ich mir auf die Lippe.

Zoe, du wolltest den Tag heute genießen!, ermahne ich mich. Also tu das gefälligst auch und quäle dich nicht mit Dingen, die du sowieso nicht ändern kannst!

Arpad hält Favory an; locker an seinem Gebiss kauend bleibt der Hengst stehen. Arpad will gerade absteigen … da weht der Wind ein Stück Zeitungspapier über den Hof, Favory erschrickt, macht einen kleinen Satz … und um ein Haar wäre Arpad höchst unheldenhaft im Dreck gelandet.

„*Cut!*“, ertönt es wieder, Arpad breitet entschuldigend die Arme aus, klopft seinem Pferd beruhigend den Hals und wendet es, um noch einmal zu seinem Ausgangspunkt zurückzureiten.

Diesmal klappt alles wie am Schnürchen. Favory ist brav, die Kamera steht perfekt und Arpad meistert seine Aufgabe auch beim dritten Mal mit unnachahmlicher Eleganz. Angelina Jones nickt zufrieden.

Alles klar, die Szene ist im Kasten, denke ich erleichtert.

Da taucht am Tor Arpads Vater auf.

Der Abhang! Mein Herz macht einen erschrockenen Hüpfer; eilig gehe ich zu Attila hinüber. Arpad folgt mir mit Favory am Zügel.

„Und?“, frage ich atemlos, obwohl ich noch nicht ganz angekommen bin.

Attilas Gesichtsausdruck bleibt unergründlich. „Na ja … wir haben eine passende Stelle gefunden“, beginnt er. „Der Hügel sieht für die Szene dramatisch genug aus und er ist garantiert nicht von irgendwelchen Tieren durchwühlt. Aber …“ Er reibt sich wieder das Kinn. „Er ist deutlich steiler als der Abhang, der ursprünglich vorgesehen war. Doch er ist auf die Schnelle die einzige Möglichkeit, die uns bleibt, um die Szene abzudrehen. Die Alternative wäre, dass wir das Ganze streichen.“

„Das kommt gar nicht infrage!“, erklärt Arpad schnell.

Sein Vater sieht ihn ernst an. „Nun, das werden wir sehen. Ich habe jedenfalls mit der Crew eine Stunde Bedenkzeit ausgehandelt. Währenddessen wird László uns beide noch mal zu dem Abhang fahren, wir werden ihn uns zusammen ansehen und gemeinsam überlegen. Dann entscheiden wir. Und keine Minute früher.“

Was werde ich wohl gleich zu sehen kriegen?, frage ich mich, beiße mir nervös auf die Lippe und harre der Dinge, die da kommen werden. Ich sitze nämlich neben Arpad und Maja in Lászlós Geländewagen und der biegt gerade von einer geteerten Straße auf einen holprigen Feldweg ab.

Was Attila erzählt hat, klang irgendwie gar nicht gut. Hoffentlich irre ich mich, hoffentlich habe ich seine Andeutungen bloß falsch verstanden! Ansonsten kann ich nur hoffen, dass er die Notbremse zieht und die Szene wirklich absagt.

Endlich hält das Auto an. Vor uns liegt das Ufer des Flüsschens, durch das ich vor ein paar Wochen mit Sonja

Strobens Pferd Xingaro geritten bin. Aber jetzt sind wir an einer ganz anderen Stelle und die Uferböschung ist eindeutig viel höher.

Ich steige aus, trete vorsichtig näher ... und weiche erschrocken zurück.

„Mein Gott, ist das steil!“

Dass ich das laut gesagt habe, merke ich erst, als Arpad mir einen ärgerlichen Blick zuwirft. Dann geht er selbst zu der Böschung und inspiziert sie auf das Genaueste.

Ich überwinde mich und sehe ein zweites Mal hin.

Auweia! Metertief unter mir fließt das Flüsschen friedlich dahin. Und der steinige Abhang, an dem ich stehe, ist derart schroff, dass mir allein beim Hinsehen ganz komisch wird.

Na gut, ich weiß ja, dass ich absolut nicht schwindelfrei bin. Trotzdem ...

Jetzt schaut Arpad seinen Vater ernst an. „Also gut, der Hügel, an dem ich bei Hof Buchental mit Favory geübt habe, war eindeutig flacher. Aber der Abhang, den du früher mal mit ihm hinuntergeritten bist, war doch mindestens genauso steil, oder?“

„Die Frage ist nicht, ob dein Pferd da hinunterklettern kann. Die Frage ist, ob du das schaffst“, erklärt László ernst. „Es wäre bestimmt sicherer, wenn ich diese Szene übernähme.“

Das hätte er wohl besser nicht gesagt. Denn Arpad verschränkt trotzig die Arme vor der Brust und widerspricht beinahe zornig: „Willst du diese schwierige Szene wirklich auf einem Pferd reiten, das du kaum kennst? Das Risiko wäre ja wohl viel höher, als wenn ich es mache. Schließlich bin ich quasi auf Favorys Rücken groß geworden. Außerdem hab ich wirklich lange genug geübt. Und wenn mein Pferd es fertigbringt, diesen Abhang hinunterzuklettern, werde ich es ja wohl hinkriegen, dabei nicht aus dem Sattel zu rutschen."

Sei doch bitte nicht so dickköpfig!, denke ich verzweifelt.

„Nun mal langsam", erklärt sein Vater. „Arpad, du bist noch lange kein professioneller Stuntman, ganz im Gegensatz zu László. Und glaube mir: Falscher Ehrgeiz hat noch nie jemandem etwas gebracht. Ich bin mir wirklich nicht sicher, ob ich es dir erlauben soll, diese Szene zu reiten."

Attila hat absolut recht, hätte ich am liebsten gesagt. Aber ich beiße die Zähne zusammen und halte den Mund. Ich weiß nämlich ganz genau, dass Arpad nur noch sturer wird, wenn ich mich jetzt einmische.

Arpad seufzt, tritt noch näher an den Abhang heran und sieht hinab. Dann dreht er sich wieder zu uns um. „Ich schaffe das. Da bin ich mir ganz sicher. Warum traust du es mir nicht zu?"

Sein Vater verschränkt die Arme vor der Brust und wiegt den Kopf, sagt aber nichts.

„Hör mal!", bedrängt ihn Arpad. „Ich bin zwar noch kein Profi. Aber wenn ich ausgerechnet jetzt eine Szene absage, lasse ich dadurch die Film-Crew hängen. Dann sind die mit Sicherheit richtig sauer auf mich und ich kann meine Karriere als Stuntman gleich knicken."

Sein Vater zieht die Augenbrauen hoch. „Das sehe ich aber ganz anders. Schließlich bist du erst vierzehn Jahre alt; jeder wird verstehen, wenn du dir so was noch nicht zutraust. Die Filmleute sind doch keine Unmenschen."

„Nein, das sind sie ganz sicher nicht", erklärt Arpad schnell. „Aber du weißt doch, wie das ist: Die Sache wird sich schnell in der Branche herumsprechen und dann habe ich gleich einen schlechten Ruf. Willst du das etwa?"

Attila macht eine wegwerfende Handbewegung. „Du bist viel zu jung, um gleich in Verruf zu kommen. Jeder Dummkopf kapiert, dass du noch nicht alles kannst. Und nun halt einfach den Mund und lass mich in Ruhe nachdenken."

Er humpelt ein paar Schritte zur Seite und stützt sein Kinn in die rechte Hand.

Vorsichtig trete ich noch einmal an die Uferböschung heran.

Oh Mann, ich kann kaum hinsehen! Also, ich würde dort um keinen Preis der Welt hinunterreiten, nicht mal, wenn ich ein professionelles Stuntgirl wäre. Hoffentlich, hoffentlich verbietet Attila diesen Einsatz!

Ich werfe ihm einen vorsichtigen Blick zu. Tatsächlich scheint er jetzt zu einem Entschluss gekommen zu sein, denn er humpelt zu uns zurück.

„Also gut", erklärt er ernst. „Wir können es versuchen. Aber wenn ich sehe, dass du es nicht schaffst, werden wir die Sache abbrechen."

Oh nein!, denke ich und öffne den Mund, um etwas zu sagen, das ihn vielleicht doch noch umstimmen könnte.

Aber Arpad kommt mir zuvor: „Papa ...", will er protestieren.

Aber sein Vater unterbricht ihn. „Das ist mein letztes Wort. Und damit basta."

Langsam senkt sich die Sonne zwischen den bedrohlich dunklen Wolken, die sich am Horizont zusammenballen. Arpad sitzt schon in der Maske und Maja ist bei Favory, weil sie ihn noch mal besonders gründlich putzen will. Jetzt dauert es nicht mehr lange, bis die Szene an der Böschung gedreht wird!

Ich bin der Verzweiflung nahe. Ein Glück, dass ich heute Nachmittag keinen Einsatz mehr gehabt habe! Den hätte ich nämlich mit Sicherheit gründlich vermasselt.

Inzwischen bin ich so aufgeregt, dass ich Travis mein Herz ausgeschüttet habe. Der hat gerade seine letzte Szene für heute fertig gedreht und jetzt hockt er neben mir auf dem Rand des großen Brunnens, der in der Mitte des Klosterhofes steht.

„Ganz ehrlich: Irgendwie hoffe ich inständig, dass Arpad vernünftig wird oder dass doch noch irgendwas dazwischenkommt", gestehe ich ihm.

Ernst sieht Travis mich an. „Also, mir sind inzwischen zwei Dinge klar geworden. Erstens: Du bist in Arpad Erdelyi verliebt."

Mit großen Augen sehe ich ihn an. „Ist das so auffällig?"

Er lächelt. „*It's obvious.* Hm ... Wie sagt man das gleich noch auf Deutsch? Es ist offensichtlich."

Oh nein, jetzt fange ich auch noch an zu heulen!

„Du ... du hast recht", gebe ich schluchzend zu. „Ich hab mich total in ihn verknallt, aber er interessiert sich nicht die Bohne für mich. Schon seit Wochen geht das so! Und jetzt hab ... hab ich eine Heidenangst, dass er gleich einen Unfall hat, dass ihm etwas richtig Schlimmes passieren könnte. Was soll ich denn bloß machen?“

Er legt mir die Hand auf die Schulter. „Wenn du wirklich solche Angst hast, dann sag es ihm doch einfach.“

„Auf keinen Fall!“, protestiere ich. „Dann lacht er mich bestimmt aus oder er macht eine von seinen blöden Bemerkungen. Du weißt ja, wie er manchmal ist.“

Travis schüttelt den Kopf. „Das glaube ich nicht. Ich würde jedenfalls niemals ein Mädchen auslachen, das so ... so verzweifelt ist wie du. Im Gegenteil, ich würde ihr zuhören und mir überlegen, ob sie vielleicht recht hat.“

„Du bist aber auch schon siebzehn“, schniefe ich.

Er kramt in der Tasche seiner Jeans und zieht eine total verknautschte Packung Papiertaschentücher heraus. „Nimm eins.“

Ich fingere nach einem Tuch und putze mir heftig die Nase.

Da kommt Arpad auf den Hof. Er trägt jetzt wieder dieses tolle Kostüm mit dem Degen und dem eindrucksvollen Federhut. Und er sieht zehnmal besser darin aus als Travis.

„Na los!“, sagt der und stupst mich mit dem Ellenbogen an. „Nun geh schon zu ihm und sag ihm, was du denkst, nämlich dass du eine riesengroße Angst um ihn hast und dass er sich das mit dem Abhang lieber noch mal überlegen soll.“

Also gut. Vielleicht geht es nicht anders.

Eilig stehe ich auf und laufe … nein, ich renne zu Arpad hinüber, stolpere über einen losen Pflasterstein und wäre beinah hingefallen, wenn er mich nicht aufgefangen hätte.

Da stehe ich nun vor ihm und sehe mit verheultem Gesicht zu ihm auf.

„Was ist denn los mit dir?“, fragt er verdutzt. „Hat Travis etwa mit dir Schluss gemacht?“

Wie bitte???

Entgeistert starre ich ihn an … und dann bricht es nur so aus mir heraus: „Du Idiot! Travis hat gar nichts gemacht. Ich bin nämlich nicht in ihn verknallt. Das war ich übrigens noch nie. Und er interessiert sich nicht die Bohne für mich. Weil er nämlich eine Freundin hat. Die heißt Kim und ist ein richtiges Cowgirl und weißt du, was? Das freut mich für ihn.“

Jetzt macht er große Augen. „Ach was, echt? Warum flennst du dann, als würde gleich die Welt untergehen?“

Jetzt laufen mir die Tränen wieder wie ein Sturzbach über das Gesicht. „Weil ich solche Angst um dich habe. Bitte, Arpad, sag den Dreh an der Böschung ab. Der ist doch viel zu gefährlich. Wenn … wenn dir etwas passiert, also das … das überlebe ich einfach nicht!“

Ratlos sieht er mich an. „Mir passiert schon nichts. Sooo steil ist dieses Ufer doch gar nicht. Und ich hab mit Favory geübt. Sag mal, kann es sein, dass du dich da in etwas hineinsteigerst? Warum regst du dich überhaupt so auf?“

„Weil ich mich so was von in dich verliebt habe, das kannst du dir gar nicht vorstellen.“

Es ist heraus, bevor ich es wirklich registriert habe.

Erschrocken starre ich Arpad an. Bestimmt lacht er jetzt gleich lauthals los oder wirft mir einen seiner arroganten Sprüche an den Kopf oder …

Aber er macht nichts von alledem. Er steht einfach nur da und starrt mich mit großen Augen an.

Okay, denke ich. Das ist definitiv das Ende unserer Freundschaft.

Und dann passiert etwas, an das ich im Traum nicht geglaubt hätte: Arpad packt mich an den Schultern, zieht mich zu sich heran … und gibt mir einen unglaublich zärtlichen Kuss.

Ich bin so überrascht, dass mir ganz schwindelig wird. Mir bleibt gar nichts anderes übrig, als mich mit weichen Knien an seine Schultern zu klammern, die Augen zu schließen und zuzulassen, dass er seine Lippen auf meine drückt. Dabei kann ich noch gar nicht glauben, was gerade passiert.

Dann lässt er mich wieder los und sieht mich an, mit einem total glücklichen, aber auch fassungslosen Blick.

„Das darf doch nicht wahr sein", sagt er fast atemlos. „Seit Wochen hab ich nur noch an dich gedacht. Manchmal hab ich nachts wegen dir nicht schlafen können. Aber du hast so getan, als würdest du dich kein bisschen für mich interessieren, und dann hast du auch noch andauernd über WhatsApp mit Travis geschäkert. Ich war so fertig, dass ich in der verzweifelten Hoffnung, dich doch noch irgendwie eifersüchtig zu machen, sogar ein bisschen mit Emily geflirtet habe. Und jetzt sagst du mir, dass du dir tierische Sorgen um mich machst und dass du sogar in mich verliebt bist."

„Na, dann wurde es aber höchste Zeit, dass ihr euch

endlich mal ausgesprochen habt", höre ich hinter mir die Stimme von Travis.

Langsam drehe ich mich um.

Da steht er, die Arme vor der Brust verschränkt, und grinst übers ganze Gesicht.

Aufgeregt sitze ich auf der Rückbank von Lászlós Geländewagen und erlebe ein unglaubliches Wechselbad der Gefühle.

Arpad ist eindeutig in mich verliebt. Damit hätte ich selbst in meinen kühnsten Träumen nicht gerechnet. Meine Eifersucht auf Emily, die Nächte, in denen ich so schlecht geschlafen habe, all meine Verzweiflung – nichts davon wäre nötig gewesen! Warum habe ich Arpad denn nicht früher gesagt, dass ich mich nicht für Travis interessiere, sondern in ihn – und nur in ihn – verliebt bin? Und warum ist er nicht mit der Sprache rausgerückt? Ein paar einfache Worte hätten gereicht, aber stattdessen haben wir uns beide benommen wie die kompletten Idioten.

Doch jetzt ist alles klar. Ich kann es immer noch kaum glauben, bin gleichzeitig glücklich und mit den Nerven am Ende. Denn gleich wird Arpad die steile Böschung hinunterreiten. Jetzt ist alles vorbereitet, er kann die Aktion nicht mehr abblasen, ohne dass es einen Riesenärger gibt. Und ich will ja auch gar nicht, dass er Schwierigkeiten kriegt. Aber ich hab so schreckliche Angst um ihn!

Dabei ist Arpad immer noch fest davon überzeugt, dass die Sache halb so schlimm ist. Ich dagegen weiß beim besten Willen nicht, wie ich es aushalten soll, gleich an diesem schrecklichen Abhang zu stehen und mit anzusehen, wie er Gott weiß was riskiert.

Jetzt gibt er mir einen leichten Rippenstoß und lächelt mich ermutigend an. Ich kann nur schief zurückgrinsen. Wenn der Einsatz doch nur endlich vorbei wäre!

Nun setzt László den Blinker und wir biegen auf den Feldweg ab, der zu der Böschung führt. Mein Herz schlägt wie wild, denn jetzt kann ich sogar schon ein paar Leute von der Crew sehen, die am Abhang stehen und hinunter auf das Flüsschen schauen, wo Angelina Jones und ihr Team vermutlich gerade ihre Geräte aufbauen. Im Zwielicht der Sonne, die am Horizont schon tief über einem Berg aus dunkelgrauen Gewitterwolken steht, wirkt das alles auf mich irgendwie bedrohlich.

Langsam rollen wir näher auf die Böschung zu, László hält an, wir steigen aus und ich gehe zum Abhang hinüber.

Ich fühle mich, als wäre ich in einem schrecklichen Albtraum gefangen. Trotzdem lächele ich den Crew-Mitgliedern zu und sie grüßen freundlich zurück.

Dennoch kommt es mir so vor, als wäre die Stimmung merkwürdig angespannt. Auch Attila und Maja, die neben mir hergehen, wirken nervös. Stumm beobachten wir, wie Arpad und László Favory ausladen, wie sie ihm den schweren, prächtigen Filmsattel auflegen und ihm die schöne Trense mit den goldenen Beschlägen überziehen.

Dann steigt Arpad in den Sattel und reitet ihn ein paar Minuten im Schritt warm.

Plötzlich fegt ein Windstoß über die Felder und wühlt in Favorys Mähne; weit in der Ferne zuckt ein Blitz, der

Hengst wirft erschrocken den Kopf hoch. Dann grollt leiser Donner.

„*We must hurry up!*“, treibt Anne Davenport die beiden zur Eile an. Die zweite Regieassistentin prüft noch einmal, ob alles richtig sitzt, und gibt letzte Anweisungen. Dann klettert sie die Böschung hinunter und geht zu dem Kamerateam, das inzwischen mit seinen Vorbereitungen fertig geworden ist.

Arpad zieht seinen Hut tief ins Gesicht und bringt Favory in Stellung.

Attila, Maja und ich treten näher an den Abhang heran.

Wie steil es dort hinabgeht!, denke ich und muss mich zusammenreißen, um nicht schon wieder die Hände zu ringen.

„Arpad schafft das schon“, wispert mir Maja ins Ohr.

Ich werfe ihr einen zweifelnden Blick zu.

Da heißt es auch schon „*Action!*“.

Aus den Augenwinkeln sehe ich, dass Attila seine rechte Hand zur Faust ballt.

Arpad drückt seine Fersen in die Flanken des Lipizzaners, Favory marschiert auf den Abhang zu und tastet sich langsam abwärts, während Arpad sich weit im Sattel zurücklehnt, damit er nicht den Halt verliert und über den Hals seines Hengstes purzelt.

Da! Ein großer Stein löst sich aus dem Boden, kullert abwärts, reißt ein paar andere Steine mit, löst eine kleine Lawine aus ...

Ich halte die Luft an. Doch Favory setzt weiter einen Huf vor den anderen, unermüdlich klettert er weiter. Dann ist er unten angekommen und trabt los.

„*Cut!*“, ertönt es unter uns.

Erleichtert atme ich auf.

Als Arpad zur Regisseurin hinüberreitet, weht uns wieder ein Windstoß ins Gesicht, wirbelt den Staub auf und beugt die Äste der Sträucher, die neben uns stehen.

„Dahinten braut sich ein saftiges Gewitter zusammen. Bestimmt wird Angelina Jones Arpad den Stunt nicht noch einmal reiten lassen“, erkläre ich hoffnungsvoll. Dabei beobachte ich angespannt, wie die beiden sich unterhalten.

„Freu dich nicht zu früh“, warnt mich Attila. „Arpad ist den Abhang ziemlich zögerlich hinuntergeritten. Das wird auf die Zuschauer ganz sicher nicht so wirken, als würde er in höchster Eile zu seiner geliebten Prinzessin reiten, weil er ihr unbedingt das Leben retten will. Ich denke, er und Favory müssen die Szene noch einmal wiederholen.“

Bitte nicht!, denke ich und beiße mir auf die Lippe.

Unter uns wendet Arpad seinen Hengst, lenkt ihn ein Stück flussaufwärts und reitet ihn an einer besonders flachen Stelle die Böschung hinauf.

„Würde es nicht reichen, wenn man ihn dort hinunterschicken würde?“, frage ich.

„Leider nicht. Es soll doch dramatisch aussehen“, seufzt Maja.

Arpad kommt im Trab zu uns herübergeritten.

„Und?“, fragt ihn sein Vater gespannt.

„Ich soll schneller reiten“, erklärt Arpad. Er sieht nicht gerade glücklich aus, ganz so, als hätte er auch ein bisschen Angst.

Sein Vater nickt. „Ist gut. Aber pass auf dich auf, ja?“

„Klar doch“, versichert sein Sohn und bringt immerhin ein schiefes Grinsen zustande.

Wenige Minuten später ruft schon wieder jemand „*Action!*“.

Arpad treibt seinen Favory an … und mit angehaltenem Atem beobachte ich, wie er sein Pferd fast im Trab den Abhang hinuntertreibt.

„Nicht so schnell!“, murmelt Attila neben mir.

Oje, jetzt kommt das steilste Stück!

Favory scheint einen Moment zu zögern, Arpad drückt ihm die Fersen in die Flanken, der Hengst macht einen kleinen Satz, wieder rollt ein Stein …

Da verliert Arpad das Gleichgewicht, rutscht über den Hals seines Pferdes, schlägt neben ihm auf dem Boden auf, kullert abwärts … und bleibt am Fuße des Abhanges liegen!

Ich stürze zum Rand der Böschung.

Doch da hebt Arpad schon den Kopf, und während mindestens die halbe Filmcrew auf ihn zurennt und einer der Kameraleute den aufgeregt herumgaloppierenden Favory wieder einfängt, setzt er sich langsam auf.

„*Szerencsére!*“, ruft sein Vater hinter mir aus.

Ich hab das ungarische Wort zwar nicht verstanden, aber ich bin mir trotzdem ziemlich sicher, dass er so was Ähnliches wie „Glück gehabt!“ gesagt hat.

Mit angehaltenem Atem beobachte ich, wie sich die Leute von der Filmcrew um Arpad scharen, wie sie ihm beim Aufstehen helfen und aufgeregt gestikulierend mit ihm reden. Dann sehe ich, dass er nickt und langsam zu Angelina Jones hinübergeht.

„Er scheint sich nichts Schlimmes getan zu haben“, stellt Attila erleichtert fest, während sein Sohn mit der Regisseurin redet. Dann steigt Arpad wieder aufs Pferd und reitet zu uns zurück.

Eilig laufe ich ihm entgegen. „Wie geht es dir?“, frage ich, als ich bei ihm angekommen bin.

Er lächelt schief. „Ein paar blaue Flecken werde ich schon kriegen. Aber sonst ist alles in Ordnung. Jetzt hoffe ich nur, dass Papa mir erlaubt, den Stunt noch mal zu reiten.“

„Bist du verrückt geworden?“, frage ich erschrocken. „Das eben war doch richtig, richtig gefährlich. Um ein Haar hättest du …“

„Ja, ich hätte mir ordentlich wehtun können“, unterbricht er mich. „Aber alles ist gut gegangen und ich weiß, was ich falsch gemacht habe: Ich hätte Favory nicht ganz so sehr antreiben dürfen, außerdem habe ich mich nicht weit genug im Sattel zurückgelehnt. Beim nächsten Mal mache ich das alles besser und dann werden wir ja sehen.“

Liebevoll sieht er mich an. „Hab noch ein bisschen Geduld. Ich schaffe das schon, keine Angst!“

Dann drückt er Favory die Fersen in die Flanken und reitet zu seinem Vater.

Während ich unglücklich hinter ihm hertapse, beobachte ich, wie er mit Attila redet.

„Also gut, versuch es noch mal“, höre ich ihn sagen. „Aber sei vorsichtig!“

Arpad nickt nur, dann reitet er Favory wieder an die Böschung.

Ich murmele ein Stoßgebet und stelle mich neben Maja.

Schon heißt es wieder *„Action!“*.

Vor lauter Angst klammere ich mich an Majas Arm fest. Mit angehaltenem Atem sehe ich, wie Arpad Favory antreibt, wie der Lipizzaner zügig abwärtsgeht – einen Schritt, dann noch einen … Eilig, aber längst nicht so gehetzt wie eben klettert er die Böschung hinunter und Arpad lehnt sich ganz weit nach hinten, um bloß nicht wieder aus dem Sattel zu rutschen. Dann sind sie unten angekommen, Favory trabt los …

„Geschafft!“, seufze ich erleichtert, als das *„Cut!“* ertönt.

Tatsächlich, Arpad reitet zur Regisseurin hinüber und redet mit ihr, ich sehe, wie sie freundlich nickt, dann dreht Arpad sich zu uns um und macht das „Daumen hoch!“-Zeichen!

„Jaaa! Er hat's wirklich geschafft!“, jubelt Maja und fällt mir um den Hals.

Ihr Vater seufzt nur erleichtert.

Da reitet Arpad auch schon die Böschung hinauf; im Trab kommt er auf uns zu.

„Was sagt ihr? Ich hab's hingekriegt!“, ruft er uns schon von Weitem zu. Dann ist er bei uns, springt aus dem Sattel, kommt eilig auf mich zu … und ehe ich mich versehe, hat er mich in den Arm genommen und drückt mir einen Kuss auf die Stirn.

„Oha!“, höre ich hinter mir Attilas Stimme. „Sind Arpad und Zoe jetzt etwa ein Paar? Na, das ist ja mal was ganz Neues.“

Kapitel 10

Wettlauf um Leben und Tod

Arpad ist in mich verliebt. Und er hat den gefährlichen Stunt geschafft! Ich bin so glücklich, dass ich am liebsten laut singen würde. Schwindelig vor Freude sehe ich dabei zu, wie Arpad Favory Sattel und Zaumzeug abnimmt und sein Pferd in Lászlós Anhänger verlädt. Dann sitze ich neben ihm auf der Rückbank des Geländewagens und kann gar nicht anders, als die ganze Zeit in seine schönen dunklen Augen zu schauen. Dabei übersehe ich geflissentlich, dass László und Attila uns über den Rückspiegel immer wieder amüsierte Blicke zuwerfen.

Ich schlafe die ganze Nacht tief und fest, obwohl in der Ferne immer noch leise der Donner grummelt. In meinem Taumel aus Glück und Erleichterung verkrafte ich am nächsten Morgen sogar den endgültigen Abschied von der Filmcrew ganz gut. Als Travis mich liebevoll in den Arm nimmt, kommen mir allerdings fast die Tränen.

„Du hast mir gestern unendlich geholfen. Danke, danke, danke!“, sage ich zu ihm.

Er strahlt mich an. „Keine Ursache. Hauptsache, du bist glücklich.“

Und ob ich das bin!, denke ich, als ich mich neben Arpad in Lászlós Auto setze und Travis zum Abschied zuwinke. Ihn zurückzulassen, fällt mir echt schwer, aber wenigstens werden wir uns weiter über WhatsApp schreiben. Und wer weiß? Vielleicht wird Travis uns mal besuchen – oder wir ihn. Na gut, so tierisch wahrscheinlich ist das nicht, aber Träumen wird ja wohl erlaubt sein!

Ich winke und winke und winke, so lange, bis ich ihn nicht mehr sehen kann. Dann lehne ich mich mit einem Seufzer in meinen Sitz zurück.

Die Fahrt geht mir diesmal viel zu schnell vorbei, denn ich hätte noch ewig so dasitzen können, eng an Arpad gedrückt, während die vom Gewitterregen frisch gewaschenen Wiesen und Felder an uns vorbeiziehen.

Wie Mama wohl reagieren wird, wenn sie erfährt, dass ich jetzt mit Arpad zusammen bin?, überlege ich. Was werden meine Freundinnen sagen? Und Emily? Na, die wird vielleicht Augen machen …

Als wir auf Hof Buchental ankommen, ist dort erstaunlich wenig los; offenbar hat so früh noch niemand mit unserer Ankunft gerechnet. Wir bringen Favory zu Benno in den großen Laufstall und räumen seine Sachen in die Sattelkammer. Dann fahren die Erdelyis mit László nach Hause und ich rufe meine Mutter an, damit sie mich abholen kommt. Da sehe ich, wie Emily mit dem Rad auf den Hof biegt.

Was ist denn mit der los?, frage ich mich überrascht. Sie ist ganz blass und sieht total geschockt aus. Achtlos lässt sie ihr Fahrrad auf den Boden fallen und läuft auf mich zu. Dabei ruft sie schon von Weitem: „Stell dir vor, Amorio soll eingeschläfert werden!"

Was?

Ich bin so erschüttert, dass ich einfach nur regungslos

dastehe und zuhöre, wie Emily redet und redet. Was sie erzählt, kann ich kaum glauben: „Eben hat Herr Schwarzer meinen Vater angerufen. Gestern ist Amorio unter Herrn Berkert derart heftig gestiegen, dass er dabei sein Gleichgewicht verloren hat; er ist zur Seite gekippt und hat Herrn Berkerts Bein unter sich begraben. Der Mann hat zwar Glück im Unglück gehabt; außer ein paar Prellungen ist ihm nichts passiert. Aber Herr Schwarzer ist jetzt fest davon überzeugt, dass Amorio ein unreitbares, ja gefährliches Tier ist, das niemals einen Käufer finden wird. Darum hat er meinen Vater aufgefordert, unser Pferd so schnell wie möglich wieder abzuholen. Papa hat sich mit meiner Mutter besprochen und die beiden haben beschlossen, dass Amorio getötet werden soll."

Hilflos breitet sie die Arme aus. „Ich ... ich war ja einverstanden, dass Amorio verkauft wird. Aber dass er geschlachtet wird, das will ich auf keinen Fall! Natürlich hab ich meinen Eltern widersprochen, hab ihnen gesagt, dass sie Amorio noch eine Chance geben sollen, dass er bestimmt mit der Zeit einen Käufer findet. Aber Papa ... also, er hat überhaupt nicht mit sich reden lassen. Er sieht es einfach nicht ein, weiter die Stallmiete für ein unreitbares Pferd zu bezahlen."

„Amorio soll getötet werden? Nein! Das kann ... das darf einfach nicht sein!", stoße ich hervor.

In meinem Schrecken nehme ich kaum wahr, wie Mamas Auto auf den Hof rollt.

„Was ist denn los? Ist etwas passiert?", ruft sie uns noch beim Aussteigen zu.

„Amorio soll eingeschläfert werden“, informiert Emily sie.

„Du lieber Himmel!“, murmelt Mama. Dann nimmt sie uns alle beide in den Arm.

Und in mir bricht jetzt endgültig eine Welt zusammen. Denn Amorio, dieses wunderschöne, liebe Pferd, das ich so gernhabe, soll sterben – nur, weil es sich nicht reiten lässt!

„Niemand gibt ihm eine Chance, niemand macht sich die Mühe herauszufinden, was für ein Problem er hat. Dabei hat dieser liebe Kerl doch eine Chance verdient! Man könnte so viel tun, so viel versuchen, ihn zum Beispiel von einem Tierarzt auf Herz und Nieren untersuchen lassen. Und wenn das nichts bringt, könnte man ihn für ein paar Monate auf die Weide stellen, damit er zur Ruhe kommt. Man könnte …“ Als ich neben Mama im Auto sitze, sprudelt es nur so aus mir heraus.

Sie wirft mir einen traurigen Blick zu. „Du hast völlig recht: So darf man mit einem Lebewesen nicht umgehen, erst recht nicht mit einem Tier, das eigentlich so freundlich ist wie Amorio. Wenn er mir gehören würde, würde ich auch nicht so handeln. Aber, und das kann ich gar nicht oft genug wiederholen, wir sind leider nicht seine Besitzer. Darum liegt es nicht in meiner Macht, ihm zu helfen. Wir können nichts für ihn tun.“

Können wir das wirklich nicht?

Fieberhaft denke ich darüber nach, während ich meine Reisetasche auspacke, eine Dusche nehme und appetitlos mein Mittagessen herunterwürge. Danach liege ich auf meinem Bett und starre an die Decke. Und dabei habe ich endlich, endlich eine Idee.

„Mama, ich muss mit dir reden!“, rufe ich, springe auf und renne die Treppe hinunter.

Meine Mutter hat gerade dem schwanzwedelnden Hektor die Leine angelegt. „Ich möchte spazieren gehen. Komm doch einfach mit“, schlägt sie vor.

Das mache ich doch liebend gerne! Während Mama die Tür hinter uns abschließt, beginnt mein Herz, vor Aufregung wie wild zu klopfen. Was wird sie wohl zu meinem Vorschlag sagen? Oh, hoffentlich, hoffentlich finde ich jetzt bloß die richtigen Worte!

„Ich hab mir wegen Amorio etwas überlegt“, beginne ich vorsichtig, als wir in gemütlichem Tempo die Straße hinuntergehen.

„Schieß los!“, fordert Mama mich auf.

„Also …“, beginne ich, muss dann aber noch einmal tief Luft holen. „Wo Filou nun doch langsam alt wird, können wir ein zweites, junges Pferd gut brauchen. Und egal wie wertvoll Amorio eigentlich ist – sooo furchtbar teuer kann er jetzt, wo er geschlachtet werden soll, doch gar nicht mehr sein. Außerdem habe ich bei den Filmaufnahmen gut verdient. Jetzt kriege ich für den Nachdreh noch mal Honorar und im September kommt das Geld für den Werbeclip hinzu. Ich kann mir Amorio bestimmt leisten; vielleicht reicht es sogar, um noch ein paar Monate lang die Stallmiete zu finanzieren. Bis dahin hab ich dann einen neuen Auftrag an Land gezogen und …“

„Nun aber mal langsam“, unterbricht mich meine Mutter. „Träumen hilft uns auch nicht weiter. Ehrlich gesagt: Ich denke nicht, dass du noch viele Filmaufträge kriegen wirst. Dass du gleich zweimal hintereinander engagiert wurdest, war reines Anfängerglück.“

„Oh, das glaube ich nicht“, widerspreche ich. „Die Erdelyis haben mir gesagt, dass es nicht viele Leute gibt, die als Reiter vor der Kamera stehen können. Und wenn jemand seinen Job gut macht, spricht sich das in der Branche schnell herum. Dann bekommt man immer wieder neue Angebote.“

Mama lächelt ein bisschen mitleidig. Bestimmt denkt sie jetzt: Die arme Zoe macht sich aber ganz schön Illusionen.

Doch laut sagt sie: „Also gut. Sagen wir, dass du vielleicht hier und da noch einmal einen Auftrag bekommst und dass du möglicherweise etwas zu Amorios Stallmiete beitragen kannst. Aber grundsätzlich müsste trotzdem ich für die Kosten aufkommen. Na gut, meine Praxis läuft prima, also wäre das wohl zu schaffen. Aber dann müssten wir an anderer Stelle sparen, zum Beispiel beim Urlaub oder bei neuen Kleidern. Ist dir das klar?“

„Ja sicher“, beteuere ich. „Neue Klamotten sind mir gar nicht wichtig; in den Ferien schlafe ich gerne im Zelt, und wenn wir gar nicht wegfahren, ist mir das auch egal. Hauptsache, Amorio muss nicht sterben.“

„Gut“, meint Mama. „Aber die Stallmiete ist nicht das einzige Problem. Amorio scheint mir zwar wirklich ein liebes und freundliches Tier zu sein, doch das Risiko, dass wir die Ursache für sein Problem nicht finden, ist sehr groß. Ist dir bewusst, dass wir vielleicht ein Pferd kaufen, das sich nie wieder reiten lässt?"

„Darüber hab ich auch schon nachgedacht", antworte ich. „Sieh mal, ich hab ihn doch immer wieder genau beobachtet. Und ich glaube wirklich, dass er Schmerzen im Maul hat. Also musst du ihn genau dort gründlich untersuchen und ..."

„Stopp", unterbricht sie mich. „Mir fehlt leider die Ausbildung, um ein Pferd im Maul zu untersuchen. Dafür braucht man einen Experten, einen sogenannten Fachtierarzt für Zahnheilkunde bei Pferden. So einen kenne ich zwar. Er heißt Dr. Andreas Salzgeber und wohnt nur ein paar Kilometer von hier entfernt. Aber was ist, wenn der nichts findet?"

„In diesem Fall", gebe ich zurück, „bist du immer noch Tierheilpraktikerin. Du findest den Grund für sein rätselhaftes Verhalten. Davon bin ich fest überzeugt."

Sie lächelt traurig. „Ja, ich bin Tierheilpraktikerin. Aber ich bin nicht der liebe Gott. Wie oft bin ich schon ratlos vor einem Tier gestanden und habe beim besten Willen nicht gewusst, was ihm fehlt! Erst letztens hatte ich einen hinkenden Hund in der Praxis, aber die Ursache für seine Schmerzen habe ich genauso wenig gefunden wie der Tierarzt, bei dem sein Besitzer vorher mit ihm gewesen ist. Und du hast mir doch erzählt, dass Dr. Wohlgemut erst vor ein paar Wochen eine Ankaufsuntersuchung bei Amorio gemacht und ihm eine sehr gute Note gegeben hat. Der Mann ist eine echte Kapazität."

„Schauen die Tierärzte einem Pferd bei der Ankaufsuntersuchung denn überhaupt ins Maul?", will ich wissen.

„Das schon. Aber sie untersuchen nur die Schneidezähne“, erklärt Mama. „Die Backenzähne beachten sie normalerweise nicht weiter. Wenn Amorio dort ein Problem hat, hat Dr. Wohlgemut wahrscheinlich nichts davon gemerkt.“

„Na siehst du“, triumphiere ich.

„Vorsicht“, warnt sie mich. „Was du vermutest, ist nur eine Möglichkeit von vielen. Amorio kann uns ja nicht sagen, wo es ihm wehtut. So wie die Dinge nun mal liegen, schätze ich die Chancen, dass wir ihm helfen können, nur bei etwa fünfzig zu fünfzig ein.“

„Das Risiko nehme ich in Kauf“, erkläre ich. „Hauptsache, er wird nicht getötet. Wenn ich ihn wirklich nicht reiten kann, mache ich halt Bodenarbeit mit ihm oder wir machen Spaziergänge.“

Sie nickt nur, dann geht sie eine Weile schweigend neben Hektor her.

Ich bin der Verzweiflung nahe. Was kann ich denn nur tun, um sie zu überzeugen?

„Na gut“, sagt Mama schließlich. „Ich möchte Amorio ja auch helfen. Aber mir ist völlig klar, dass wir ziemlich viel riskieren. Darum brauche ich noch Zeit zum Nachdenken. Morgen Mittag werde ich dir sagen, wie ich mich entschieden habe.“

Morgen Mittag … Das scheint mir unendlich weit weg zu sein. Erst recht, weil ich solche Angst habe, dass Herr Münzkötter Amorio vielleicht schon morgen früh zum Schlachter bringt! Ich bin so aufgeregt, dass ich mich am

Abend noch lange unruhig im Bett herumwälze. Als ich endlich doch noch einschlafe, träume ich von Amorio, der von einem groben Kerl in einen Pferdetransporter verladen wird. Dabei wirft er mir einen durch und durch verzweifelten Blick zu, der eindeutig sagt: „Bitte, bitte hilf mir doch! Rette mich, ich will nicht sterben!"

Erschrocken fahre ich aus dem Schlaf.

Draußen ist es schon hell und die Vögel singen. Schnell werfe ich einen Blick auf die Uhr.

Oh, schon nach sechs! Um halb sieben klingelt eh der Wecker. Seufzend richte ich mich auf, stehe auf, tapse ins Bad und dusche ausgiebig. Aber das hilft auch nichts, ich fühle mich immer noch wie gerädert.

Ob Mama sich vielleicht doch schon entschieden hat?, frage ich mich, als ich mich anziehe. Sie ist bestimmt schon wach, denn unten in der Küche höre ich die Kaffeemaschine gluckern. So schnell ich kann, schlüpfe ich in Jeans und T-Shirt, stecke eilig meine Bücher und Hefte in die Schultasche und gehe nach unten.

Als ich in die Küche komme, sitzt meine Mutter schon am Frühstückstisch.

„'n Morgen, Mama", begrüße ich sie.

„Hallo Zoe." Sie lächelt mir freundlich zu. „Möchtest du auch ein Croissant?"

Warum nicht? Mir ist heute ziemlich egal, was ich esse.

Beim Frühstück beobachte ich sie die ganze Zeit eindringlich: Wie sie sich ihr Marmeladencroissant schmiert. Wie sie hungrig hineinbeißt. Und wie sie einen Schluck aus ihrer Kaffeetasse nimmt.

Wir reden über alles Mögliche: Über meinen Tag in der Schule. Darüber, wer heute mit Hektor spazieren geht. Und am Schluss sogar über das Wetter. Nur Amorio erwähnt sie mit keinem Wort. Erst als ich aufstehe und mir meine Schultasche nehme, klopft sie mir auf die Schulter und meint: „Nun sei doch nicht so verzweifelt. Ich habe gesagt, dass ich mich bis heute Mittag entscheide. Und genau das werde ich tun. Okay?"

Ich seufze leise. Während sie mich in den Arm nimmt und mir „Viel Erfolg in der Schule" wünscht, denke ich: Wie schwer kann es denn sein, sich zu entscheiden? Hier geht es schließlich um das Leben eines Pferdes!

Der Schulmorgen zieht wie ein grauer Nebel an mir vorbei. Schweigend lasse ich das endlose Gerede meiner Lehrer über mich ergehen; immer wieder werde ich ermahnt, weil ich heute beim besten Willen nicht aufpassen kann. In der sechsten Stunde schimpft sogar mein Biolehrer mit mir, weil ich so zappelig bin. Dabei ist Biologie doch mein Lieblingsfach!

Klar, dass ich Maja von der ganzen Sache erzählt habe. Sie steht mir den ganzen Morgen tapfer bei, versucht, mich abzulenken und mich zum Lachen zu bringen. Als wir nach der Schule zum Bus gehen, tröstet sie mich: „Na komm! In einer halben Stunde weißt du, wie sich deine Mutter entschieden hat. Ich kann mir einfach nicht vorstellen, dass sie Amorio dem Schlachter überlässt. Sie hat Tiere doch genauso gern wie wir. Also hab noch ein bisschen Geduld!"

Die hat vielleicht gut reden! Für mich plätschert die

Zeit jedenfalls wie ein armseliges Rinnsal dahin; es kommt mir sogar so vor, als würde der Bus heute langsamer fahren als sonst. Als er endlich an meiner Haltestelle stehen bleibt, springe ich mit einem großen Satz hinaus und gehe nicht, sondern renne nach Hause. Völlig außer Atem komme ich an, drücke mit weichen Knien auf die Klingel … Dann höre ich das laute Bellen von Hektor, die Tür geht auf und unser lieber Hund springt so heftig an mir hoch, dass er mich beinahe umwirft.

„Nun komm erst mal rein", sagt Mama, weil ich sie so erwartungsvoll ansehe.

Oje, das kann nichts Gutes bedeuten, denke ich, während ich ihr unsicher hinterherschleiche, meine Schultasche in die Garderobe lege und ihr in die Küche folge.

„Setz dich", sagt sie ernst.

Ich sinke auf einen Stuhl und schicke ein Stoßgebet gen Himmel.

Sie holt die Pfanne mit den Frikadellen vom Herd, stellt sie vor meine Nase und erklärt: „Also gut. Die Entscheidung war nicht leicht. Aber ich bin zu dem Schluss gekommen, dass wir es mit Amorio versuchen sollten. Ich hab schon meinen Patienten für heute Nachmittag abgesagt, damit wir gleich zu den Münzkötters fahren können, um ihn zu kaufen."

„Jaaaa!", jubele ich, springe auf und falle ihr um den Hals. Dann flüstere ich mit tränenerstickter Stimme: „Danke, Mama! Oh vielen, vielen Dank!"

Sie nimmt mich in den Arm und drückt mich ganz fest. „Bedank dich mal lieber noch nicht", erklärt sie. „Mir ist nämlich nicht ganz wohl bei der Sache. Es kann sein, dass wir die Entscheidung schon in ein paar Tagen bitter bereuen werden."

Ich schüttele den Kopf. „Nein, das glaube ich nicht. Ich möchte Amorio einfach nur bei mir haben. Ob ich ihn reiten kann oder nicht, interessiert mich gar nicht so sehr."

Sie wirft mir einen zweifelnden Blick zu. „Na gut. Und jetzt setz dich hin und iss dein Mittagessen, ja?"

Ich lasse sie los. „Wie kannst du jetzt an Mittagessen denken? Wir müssen sofort die Münzkötters anrufen und ihnen sagen, dass wir Amorio kaufen wollen. Sonst kommt uns am Ende noch der Pferdemetzger zuvor!"

„Unsinn", erklärt Mama streng. „Über Mittag arbeitet niemand, auch der Pferdeschlächter nicht. Wenn wir die Münzkötters beim Essen stören, bringt das überhaupt nichts. Damit verärgern wir sie nur. Besser, wir warten noch eine halbe Stunde ab."

Wieder verrinnt die Zeit wie langsam tropfendes Wachs. Appetitlos stochere ich in meinen Frikadellen herum; nur mit Mühe schaffe ich es, mein Essen hinunterzuwürgen. Denn die ganze Zeit über macht sich ein Gedanke quälend in meinem Inneren breit: Hoffentlich, hoffentlich ist Amorio noch nicht an den Schlachter verkauft!

Ich bin heilfroh, als Mama endlich ihre Gabel weglegt. „So, jetzt ist es zwei Uhr und ich werde die Münzkötters anrufen", erklärt sie und geht in den Flur zum Telefon. Ich folge ihr und stehe wie ein verschüchtertes Hündchen neben ihr, während sie die Nummer aus dem Telefonbuch heraussucht. Als sie den Anschluss wählt, halte ich die Luft an.

Verdammt, warum geht denn keiner ran?

„Guten Tag, hier ist Frau Liebig … ja genau, die Mutter von Zoe", meldet sie sich. „Wir haben uns entschlossen, Amorio zu kaufen und … alles klar, ich notiere." Schnell greift sie zu einem Kuli und schreibt sich eine Handynummer auf. „Danke, ich werde mich dort melden. Auf Wiedersehen."

Dann legt sie auf.

„Herr Münzkötter hat sich vor ein paar Minuten auf den Weg zum Schwarzer-Hof gemacht", erklärt sie. „Ich werde ihn jetzt auf dem Handy anrufen."

Sie wählt die Nummer.

Quälende Sekunden vergehen, doch schließlich schüttelt sie den Kopf und meint: „Er geht nicht ran. Wahrscheinlich hebt er nicht ab, weil er beim Autofahren nicht telefonieren darf. Oder er steckt in einem Funkloch."

„Dann müssen wir jetzt sofort zum Schwarzer-Hof fahren!", rufe ich aus.

„Ja", beschließt sie. „Genau das machen wir."

Da klingelt es an der Tür.

„Verdammt, wer stört uns denn ausgerechnet jetzt?", stöhne ich, renne zur Tür und öffne.

Vor mir stehen Maja und Arpad.

„Wir wollten mal hören, wie es mit Amorio …", beginnt meine Freundin, aber meine Mutter unterbricht sie. „Herr Münzkötter ist gerade auf dem Schwarzer-Hof, um ihn an den Pferdemetzger zu verkaufen. Wir fahren hin, weil wir genau das nicht zulassen werden. Also los, kommt mit!"

So schnell wie heute war ich noch nie im Auto. Händeringend sitze ich neben Mama auf dem Beifahrersitz und verfluche die Ampel, die uns aufhält, dann den kleinen Stau hinter dem parkenden Laster, schließlich die Geschwindigkeitsbeschränkung am Ortsausgang …

Zwischendurch versuche ich zweimal, Herrn Münzkötter von meinem Handy aus anzurufen – leider ohne Erfolg.

Endlich fahren wir auf dem Schwarzer-Hof ein … und ich erstarre vor Schrecken. Denn dort steht ein Pferdetransporter und daneben lehnt Herr Münzkötter lässig an seinem Mercedes und sieht dabei zu, wie ein bulliger Mann mit Glatze und dickem Specknacken Amorio auf den Anhänger zuführt.

„Das ist Herr Maier, einer der größten Pferdemetzger in unserer Gegend“, erklärt Mama. „Offenbar hat er Amorio gerade gekauft.“

„Oje, fast wären wir zu spät gekommen“, seufzt Maja.

Eilig parkt Mama ihr Auto am Rand des Hofes. „Ihr bleibt hier drin und rührt euch nicht von der Stelle“, befiehlt sie uns in einem Ton, der keinen Widerspruch duldet. „Wenn Herr Maier euch sieht, merkt er sofort, dass ihr Amorio unbedingt haben wollt. Dann verlangt er viel mehr Geld, als wenn ich in aller Ruhe mit ihm verhandeln kann.“

Ich beiße die Zähne zusammen und nicke. Schweigend, meine rechte Hand um den Türgriff gekrallt, sehe ich zu, wie sie aussteigt und mit ruhigen Schritten auf den Pferdetransporter zugeht. Sie spricht Herrn Maier an … und plötzlich sieht der Pferdemetzger aus wie eine Katze, die eine kleine Maus in ihren Krallen hat. Er sagt etwas, doch Mama fängt an zu lachen und dreht sich um.

„Oh nein!“, rufe ich aus.

„Sei doch still!“, zischt Arpad. „Er hat wahrscheinlich einen viel zu hohen Preis genannt. Warte mal ab, gleich kriecht er hinter ihr her.“

Tatsächlich, schon hat er Mama seine grobe Hand auf die Schulter gelegt.

Gelassen sieht sie ihn an. Wieder sagt sie etwas, der Pferdemetzger redet und redet und fuchtelt ihr dabei mit seinen dicken Händen vor dem Gesicht herum.

Jetzt spricht wieder meine Mutter. Herr Maier wird rot im Gesicht und redet weiter gehetzt auf sie ein. Doch sie schüttelt nur den Kopf.

Verdammt noch mal, das ist ja nicht auszuhalten!

Verzweifelt schließe ich die Augen und beiße auf meiner Unterlippe herum.

„Sie hat ihn! Sie hat ihn!“, ruft Maja plötzlich neben mir.

Ich reiße die Augen auf. Da steht Herr Maier mit hängenden Schultern und schüttelt Mama die Hand.

„Das bedeutet, der Kauf ist besiegelt“, stellt Maja fest.

Ich bin so erleichtert, dass ich nur verschwommen sehe, wie der Pferdemetzger meiner Mutter Amorios Führstrick gibt. Doch als sie strahlend zu uns herüberschaut, gibt es für mich kein Halten mehr; ich springe aus dem Auto, renne zu Amorio und falle ihm um den Hals. „Mein Schatz“, flüstere ich. „Mein liebster, bester Amorio. Jetzt kann dich mir niemand mehr wegnehmen.“

Ich spüre, wie er mit seinen weichen Lippen in meinem Haar wühlt, und mir treten die Tränen in die Augen.

Da höre ich Schritte. Ich hebe den Kopf, schaue mich um und sehe, dass Herr Münzkötter sich neben meine Mutter gestellt hat.

„Herzlichen Glückwunsch zu dem preiswerten Kauf", sagt er in einem merkwürdigen, fast ironisch klingenden Ton. „Ich frage mich nur: Was wollen Sie mit einem Pferd anfangen, das man nicht reiten kann?"

Inzwischen ist es Nachmittag. Warm scheint die Sonne auf Hof Buchental herunter, als Amorio nach Hause kommt. Mama und ich hatten noch einiges zu erledigen: Herr Maier hat meiner Mutter seine Kontonummer und Amorios Papiere gegeben und ihr versprochen, ihr zwei Exemplare des unterschriebenen Kaufvertrags zuzuschicken, sobald sie bezahlt hat. Dann haben wir per Handy bei den Sattlers abgeklärt, dass unser neues Pferd wieder seine alte Box in ihrem Reitstall haben kann. Und anschließend hat Herr Schwarzer Amorio gegen eine kleine Bezahlung in seinem Pferdetransporter zum Hof Buchental gebracht.

Jetzt sind wir endlich angekommen und Mama führt unser neues Pferd aus dem Anhänger. Dann steht Amorio auf dem Hof, sieht sich mit hoch aufgerichtetem Hals und spielenden Ohren um, bläht seine Nüstern und prustet laut.

Arpad lacht. „Tja, mein Lieber. Du hättest wohl nicht gedacht, dass du noch einmal hierher zurückkommen würdest, oder?"

Da kommt mir eine Idee. „Wisst ihr, was? Ich bringe ihn jetzt noch nicht in seinen Stall. Vorher lasse ich ihn erst noch eine halbe Stunde auf die Weide. Der arme Kerl weiß doch bestimmt gar nicht mehr, wie Gras aussieht."

Gesagt, getan: Ich führe Amorio den Weg hinunter zu den Wiesen. Arpad öffnet das Tor zu einer leeren Weide, ich löse den Führstrick ... und sofort schießt Amorio im Galopp los! Mit gespitzten Ohren und wehendem Schweif fliegt er regelrecht über das Gras, dann macht er ein paar wilde Freudensprünge. Wie schön er dabei aussieht, glänzend und stark wie ein König der Pferde!

Ich kann mein Glück kaum fassen: Amorio, mein geliebter Schatz, dieses herzensgute und eigentlich so brave Pferd, muss nicht sterben. Er ist jetzt auch nicht mehr in der Hand einer Reiterin, die immer nur Leistung von ihm verlangt. Denn er gehört wirklich und wahrhaftig mir!

„Ich verspreche dir, dass ich dich niemals ausnutzen werde", sage ich leise. „Auch wenn du dich vielleicht nie wieder reiten lässt, werde ich immer gut zu dir sein, und ich werde niemals etwas von dir verlangen, was du nicht leisten kannst."

Arpad tritt näher an mich heran. „Was hast du gesagt?", fragt er und legt mir zärtlich die Hand auf die Schulter.

„Nicht viel", antworte ich. „Ich habe ihm nur versprochen, dass es ihm bei mir immer gut gehen wird."

„Oh, daran habe ich nicht den geringsten Zweifel", antwortet er und gibt mir einen Kuss aufs Haar.

Den restlichen Nachmittag verbringe ich im Reitstall. Ich

schaue Amorio beim Grasen zu, dann bringe ich ihn in den Stall, stehe an seiner Box und beobachte, wie er genüsslich sein Heu frisst. Nach einiger Zeit schreibe ich an Birte, Paulina und Janine eine ausführliche Nachricht auf WhatsApp, in der ich ihnen von unserem abenteuerlichen Kauf erzähle. Und danach mache ich noch einen langen, gemütlichen Ausritt mit Filou.

Erst, als Mama mich gegen Abend abholt, fällt mir wieder ein, dass ich ja noch gar nichts für die Schule getan habe! Aber selbst die unangenehme Aussicht, den Rest des Tages mit Hausaufgaben verbringen zu müssen, kann meiner guten Laune nichts anhaben. Gegen zehn Uhr falle ich todmüde ins Bett, schlafe sofort ein und träume von Amorio, der über die Weide von Hof Buchental galoppiert und dabei vor Glück laut wiehert.

Kapitel 11

Ein unreitbares Pferd?

Meine gute Laune bekommt erst einen Dämpfer, als ich am Dienstagnachmittag wieder im Reitstall bin. Ich bin mit Arpad verabredet, um mit Favory und Benno auszureiten. Wir kommen jetzt in die heiße Phase der Vorbereitungen zu den Dreharbeiten für den Werbeclip, denn die finden schon in knapp zwei Wochen statt!

Aber bevor wir losreiten, holen wir erst mal Amorio aus seinem Paddock, um ihn gründlich zu putzen. Ich hab ihn gerade an einem Ring in der Mauer festgebunden und bin dabei, seine dichte schwarze Mähne zu bürsten, als Emily mit ihrem Fahrrad auf den Hof gefahren kommt. Sie hat sich mal wieder schwer in Schale geworfen, trägt eine funkelnagelneue Reithose, glänzend gewienerte Stiefel und ein T-Shirt, das für meinen Geschmack viel zu neu zum Reiten ist. Geschminkt ist sie außerdem.

Oha, das gibt Ärger, ahne ich, als sie von ihrem Fahrrad steigt und mit schnellen Schritten auf Arpad zugeht. Sie hat ja nicht die geringste Ahnung, dass ich jetzt mit ihm zusammen bin.

„Hallo“, begrüßt sie uns. Und dann wendet sie sich zu meinem Erstaunen mir zu. „Du, Zoe, ich bin ja so froh, dass du Amorio gekauft hast. Jetzt muss er nicht sterben und bekommt bei euch das Gnadenbrot.“

Gnadenbrot? Na, wir werden ja sehen, denke ich, lächele ihr aber nur freundlich zu, während sie ihrem ehemaligen Dressurpferd kurz über den Hals streichelt.

Dann wendet sie sich Arpad zu. „Wie ist es, kommst du mit?“, haucht sie. „Du wolltest mir doch heute eine Reitstunde geben.“

Oje! Unheil, nimm deinen Lauf!, denke ich. Verdammt, warum musste Arpad denn auch mit ihr flirten? Das war total unfair von ihm!

Arpad ist ein bisschen blass geworden. „Oh, äh ... Sorry! Das hatte ich ganz vergessen. Jetzt kann ich nicht, weil ... also, ich wollte eigentlich mit Zoe ausreiten. Und verschieben käme gar nicht gut, denn ... um ehrlich zu sein ... ich bin seit dem Wochenende mit Zoe zusammen.“

Emily sieht aus, als hätte sie der Schlag getroffen. Fassungslos starrt sie von Arpad zu mir und dann wieder zu Arpad.

Gerade fängt sie an, mir richtig leidzutun. Doch da dreht sie sich zu mir um und schnauzt mich an: „Dann hast du ihn mir also ausgespannt. Ich hab keine Ahnung, wie du das geschafft hast. Wo ich eine erfolgreiche und in der ganzen Gegend bekannte Turnierreiterin bin und du nichts weiter vorzuweisen hast als ein altes Pony und ein unreitbares Pferd. Aber das wirst du mir büßen, so wahr ich Emily Münzkötter heiße!“

Dann rauscht sie davon, mit hoch erhobenem Kopf und wehenden Haaren.

Ich stehe da wie vom Donner gerührt und starre ihr nach.

„Oje", meint Arpad bedrückt. „Eigentlich müsste sie ja auf mich sauer sein. Ich fürchte nämlich, ich hab mich ihr gegenüber in der letzten Zeit ziemlich mies verhalten. Aber jetzt gibt sie dir die Schuld."

Ich spüre, dass sich schon wieder die eifersüchtige Schlange in mir zu regen beginnt. „Hast du ihr denn irgendwann mal gesagt, dass du in sie verliebt bist? Oder hast du sie geküsst?"

Entsetzt sieht er mich an. „Spinnst du? Emily küssen? Das geht gar nicht. Ich hab ihr halt Reitstunden gegeben und ein bisschen mit ihr geflirtet. Mehr war nicht, Ehrenwort! Aber sie hat daraus geschlossen, dass ich mich in sie verknallt habe, und ich hab sie in dem Glauben gelassen. Jetzt tut mir das total leid. Das kannst du mir glauben! Ich hab sie viel stärker verletzt, als ich gedacht hätte. Für mich war das Ganze eher ein Spiel, für sie dagegen … Und jetzt ist sie auch noch sauer auf dich. Also echt: Ich könnte mich ohrfeigen!"

„*Sauer* ist gut", widerspreche ich. „Ich fürchte, sie ist mega-wütend. Ab jetzt wird sie versuchen, mir zu schaden, wo sie nur kann. Da gehe ich jede Wette ein."

„Nun mach dir mal nichts draus. Was kann sie dir schon tun?", tröstet mich Arpad.

„Du, ich hab ein mulmiges Gefühl", gestehe ich ehrlich. „Die Münzkötters mit ihrem vielen Geld haben hier auf Hof Buchental ziemlich großen Einfluss. Emily braucht mich bloß bei den Sattlers schlechtzumachen und …"

„Das muss sie aber erst mal schaffen", widerspricht er mir. „Schau mal, euer Filou steht nun schon so lange hier auf Hof Buchental. Die Sattlers kennen dich und glaub mir, sie mögen dich, trotz unserer illegalen Aktion mit Amorio. Darum redet denen keiner so schnell etwas Schlechtes über dich ein. Bestimmt nicht!"

„Na hoffentlich hast du da recht!", seufze ich.

Aber spätestens als Herr Sattler Amorio noch am selben Abend von seiner Box neben Sunrise in den Stalltrakt von Filou umstellt, bin ich mir sicher, dass ich mir in Emily eine gefährliche Feindin gemacht habe.

Am Freitagnachmittag kommt Dr. Salzgeber, der Fachtierarzt für Zahnheilkunde bei Pferden, um sich Amorio anzuschauen. Inzwischen hat Mama unser neues Pferd schon auf Herz und Nieren untersucht und sie hat auch schon einen befreundeten Tierarzt herbestellt, damit er ihn sich einmal gründlich ansieht. Aber beide sind zu dem Schluss gekommen, dass Amorio topfit und kerngesund ist.

Ich weiß nicht, ob ich mich darüber freuen soll. Eigentlich wäre es mir lieber, einer von beiden hätte irgendetwas gefunden, was Amorios Kopfschütteln erklären könnte, etwas, das sich durch eine einfache Behandlung beseitigen lässt. Aber so einfach ist es wohl doch nicht.

Ich bin sehr aufgeregt, als der dunkelgrüne Kombi von Herrn Dr. Salzgeber auf den Hof rollt.

„Hallo!", begrüßt er uns freundlich. „Wo ist denn Ihr zahnkrankes Pferd?"

„Wir wissen noch nicht, ob Amorio ein Problem im Maul hat. Meine Tochter vermutet es nur, weil er sich immer wieder heftig gegen den Zügel wehrt", klärt ihn meine Mutter auf. „Jedenfalls steht er angebunden in seinem Stall."

Wir führen ihn zu Amorios Box, die neuerdings schräg gegenüber von Filou liegt.

„Das ist aber ein bildschöner Kerl", urteilt Dr. Salzgeber bewundernd. „Und den haben Sie wirklich zum Schlachtpreis bekommen?"

„Fast", informiert ihn Mama. „Er war ein paar Hundert Euro teurer. Der Grund, warum er so billig war, ist, dass er beim Reiten immer wieder mit dem Kopf schlägt und manchmal sogar steigt. Das macht ihn gefährlich, sogar für einen sehr guten Reiter."

Der Tierarzt nickt. „Sein Verhalten könnte durchaus etwas mit Schmerzen im Maul zu tun haben." Dann begrüßt er Amorio, indem er ihn kurz an seiner Hand schnuppern lässt und ihn danach ausgiebig streichelt.

„So", meint er schließlich. „Und jetzt wollen wir mal."

Mein Herz klopft schneller. Hoffentlich, hoffentlich findet er etwas! Und hoffentlich kann er Amorio helfen!

Dr. Salzgeber öffnet jetzt das Maul meines Pferdes, hebt die Zunge ein wenig an und schaut sich die Zähne gründlich an – zuerst die rechte Seite, danach die linke.

„Aha", sagt er dann und lässt Amorio wieder los. „Ich habe den Übeltäter gefunden."

Was? Ich fass es nicht.

Er lächelt, weil ich so große Augen mache. „Ja wirklich", erklärt er. „Auf der linken Seite seines Mauls ist neben einem der vorderen Backenzähne ein Stück des alten

Milchzahns im Zahnfleisch stecken geblieben. Das Zahnfleisch darum herum ist entzündet, gleichzeitig drückt der alte Rest des Zahns nach innen und schneidet dem armen Tier mit seiner scharfen Kante in die Zunge. Die ist an der verletzten Stelle ebenfalls schon ganz entzündet. Stellen Sie sich jetzt noch vor, Amorio hätte ein Gebiss im Maul. Sobald der Reiter es annähme, würde es auf die Zunge drücken und das würde dem armen Pferd heftig wehtun. Da ist es doch kein Wunder, wenn er beim Reiten den Kopf geschüttelt hat, oder? Bestimmt hat er umso heftiger reagiert, je härter man ihn angefasst hat. Gestiegen ist er wahrscheinlich, wenn man ihm an den Zügeln geruckt hat."

„Ja!", rufe ich aus. „Genau so war es, als Amorio Emily abgeworfen hat. Das habe ich deutlich gesehen."

Der Tierarzt nickt. „In diesem Moment muss er höllische Schmerzen gehabt haben. Aber du, liebe Zoe, hast zum Glück eine sehr gute Beobachtungsgabe und du hast ganz genau hingeschaut. Viele Leute, auch richtige Pferdekenner, hätten für Amorios Verhalten andere Gründe gesucht, zum Beispiel Überempfindlichkeit oder Überforderung. Du aber hast mit deinem wachen Verstand den Nagel auf den Kopf getroffen."

Ich bin so stolz und gleichzeitig so abgrundtief erleichtert, dass ich kein Wort herausbringe. Also nicke ich nur.

„Und was machen wir jetzt?", fragt Mama. „Können Sie das Stück Zahn entfernen?"

„Aber klar, das gehört zu meinem Job", erklärt er. „Ich müsste Ihrem Pferd vorher allerdings eine leichte Narkose verpassen. Sonst tritt es bei dem kleinen Eingriff nämlich vor lauter Schmerzen die Box zusammen."

„Dann machen Sie das bitte", fordert ihn meine Mutter auf.

Kaum eine halbe Stunde später steht Amorio im Tiefschlaf mit heraushängender Zunge in seiner Box und Dr. Salzgeber hält das störende Stück Milchzahn in seiner Hand.

Ich werfe einen interessierten Blick darauf, dann rufe ich aus: „Mann, das Teil ist ja messerscharf!"

„Aber ja", bestätigt er. „Kein Wunder, dass sich dein Pferd gewehrt hat. Ist es nicht eine Schande, dass dieses bildschöne, kerngesunde Tier wegen dieser … dieser Lappalie eingeschläfert werden sollte?"

Er schüttelt den Kopf. „Nun kommt es allerdings darauf an, dass Sie richtig mit Amorio umgehen. Wahrscheinlich wird er das Gefühl, ein Gebiss im Maul zu tragen, nämlich immer noch mit Schmerzen in Verbindung bringen."

„Sie meinen, es macht ihm Angst, aufgetrenst zu sein?", hake ich nach.

Herr Salzgeber nickt. „Genau so könnte man es ausdrücken. Und es könnte sehr gut sein, dass er sich vor lauter Furcht weiter gegen das Gebiss wehrt."

„Ja, und was machen wir dagegen?", frage ich.

Der Tierarzt zuckt die Achseln. „Am besten stellen Sie den armen Kerl zuerst ein paar Wochen auf die Weide. Überlegen Sie mal, was er in der letzten Zeit alles mitgemacht hat: drei Stallwechsel und dazu noch starke Schmerzen beim Reiten, außerdem zwei Reiter, die nicht mit ihm zufrieden waren und ihn ständig gemaßregelt haben … Das arme Tier muss doch fix und fertig sein. Also: Gönnen Sie Amorio ein bisschen Erholung und danach fangen Sie langsam mit ein wenig Bodenarbeit und langen Spaziergängen an."

Mama nickt. „Ja, genau das hätte ich auch vorgeschlagen."

„Gut", erklärt er zufrieden. „Auch danach wird Amorio seine Angst vor dem Gebiss wahrscheinlich noch nicht vergessen haben. Darum empfehle ich Ihnen dringend, ihn ab jetzt gebisslos zu reiten, vielleicht mit einem Bosal oder einem Hackamore. Mithilfe solcher Zäumungen verständigen Sie sich mit dem Pferd, indem Sie Druck auf sein Nasenbein und teilweise auch auf sein Genick ausüben."

„Oh ja, das ist eine gute Idee", stimme ich ihm zu. „So machen wir's, Mama, oder?"

„Warum nicht?", meint sie. „Hauptsache, Amorio hat keine Angst und ist zufrieden."

„Prima", urteilt der Tierarzt. „Dann habe ich meine Arbeit jetzt getan."

Noch einmal wirft er Amorio einen langen Blick zu. „Na, mein Guter?", meint er. „Ich hab das Gefühl, dass es dir ab jetzt richtig gut gehen wird."

Und meine Mutter nimmt mich in den Arm. „Zoe, das hast du gut gemacht. Ich bin richtig, richtig stolz auf dich."

„Und der Grund für Amorios Probleme war wirklich und wahrhaftig ein stecken gebliebenes Stück Milchzahn?", fragt Arpad ungläubig.

Er und Maja sind gerade im Reitstall angekommen. Ich war auf dem Weg in die Sattelkammer, um Filous Halfter zu holen, weil ich meinen kleinen Liebling von der Weide holen möchte, um ihn zu putzen und ein bisschen zu reiten. Aber jetzt hab ich mich erst mal mit Arpad und Maja unter die alte Linde gesetzt, um ihnen zu erzählen, was heute alles passiert ist.

„Allerdings", stimme ich ihm zu. „Dr. Salzgeber hat den Zahn eben gezogen. Es war ein verdammt scharfes Teil, das kann ich euch sagen. Kein Wunder, dass Amorio gestiegen ist."

„Und in ein paar Wochen könnt ihr ihn auch tatsächlich wieder reiten", stellt Maja kopfschüttelnd fest. „Wer hätte das gedacht?"

„Ja, aber wir werden langsam anfangen und wir werden ihn ohne Gebiss reiten", erkläre ich. „Zuerst werden wir ein bisschen Bodenarbeit machen und spazieren gehen, dann ..."

„Hallo, Zoe. Gut, dass ich dich treffe", höre ich von Weitem Janines Stimme. Ich schaue auf und erkenne, dass sie und Paulina mit eiligen Schritten durch das kleine Törchen auf den Hof gelaufen kommen.

Irgendetwas muss passiert sein!, schießt es mir durch den Kopf, als ich die blassen, verschwitzten Gesichter der beiden sehe.

„Was ist denn los?", frage ich schnell.

„Zoe ... Also, ich kann es mir auch nicht ganz erklären, aber Filou ist von seiner Weide ausgebüxt und in die Felder entwischt", keucht Paulina.

„Was?“ Ich fass es nicht. „Die Weide, auf der Filou steht, liegt innerhalb der Mauer, die Hof Buchental umgibt. Da kann ein Pferd doch nicht einfach so abhauen.“

„Ja klar“, stimmt sie mir zu. „Jemand muss uns einen Streich gespielt, das Tor zur Weide absichtlich geöffnet und Filou rausgelassen haben. Das Törchen in der Mauer stand nämlich auch sperrangelweit offen und dein Pony marschierte gerade hindurch, als wir kamen. Ich habe schnell das Weidetor geschlossen, bevor noch mehr Pferde entlaufen konnten. Inzwischen hat Janine versucht, Filou einzufangen, aber als sie auf ihn zugelaufen ist, hat er im Galopp das Weite gesucht.“

Schreckliche Bilder ziehen an meinem inneren Auge vorbei: Filou, der in Panik durch die Felder galoppiert und vor einen Traktor läuft. Filou, der in seiner Angst ausrutscht und stürzt und nur noch auf drei Beinen wieder hochkommt …

„Maja, Arpad, los, kommt, wir müssen ihn wieder einfangen!“, rufe ich aus.

„Okay, wir sagen inzwischen den Sattlers Bescheid“, schnauft Janine.

Arpad, Maja und ich rennen über den Hof, am Reitplatz und den Weiden vorbei, durch das Törchen in der Mauer …

Jetzt habe ich freien Blick über die Felder. Aber weit und breit keine Spur von meinem Pony!

„Filou! Mein Schatz, wo steckst du denn?“, rufe ich mit wackeliger Stimme.

Arpad stößt mich an und zeigt auf eine kleine Birke, die gleich am Bach wächst. „Schau mal, da ist er doch.“

Tatsächlich. Jetzt, wo ich genauer hinsehe, schält sich aus dem Schatten des Baumes ein rundlicher fuchsroter Pferdekörper.

„Gott sei Dank!“, murmele ich und will zu meinem Pony hinüberlaufen.

Doch Arpad hält mich am Ärmel fest. „Nun mach mal keine Hektik. Wenn du jetzt panisch zu Filou rüberhetzt, bekommt er Angst und rennt davon, so wie eben bei Janine. Besser, du gehst ganz ruhig auf ihn zu. Dann hast du eine Chance, dass er stehen bleibt und sich von dir das Halfter anziehen lässt.“

„Hast du zufällig ein paar Leckerlis dabei?“, will Maja wissen.

„Ja klar. Möhrenstückchen“, erkläre ich, ziehe eines davon aus der Tasche meines Hoodies und halte es gut sichtbar vor mich hin.

Dann gehen wir langsam auf Filou zu, der uns, an einem Grasbüschel kauend, mit gespitzten Ohren ansieht.

„Jetzt lauf mir bloß nicht weg!“, murmele ich.

Aber er steht einfach weiter ganz ruhig da und beobachtet uns.

Plötzlich sausen ein paar Kids laut kreischend mit ihren Fahrrädern an uns vorbei und ich zucke erschrocken zusammen.

„Cool bleiben! Alles ist halb so schlimm“, ermahnt mich Arpad. Und tatsächlich: Filous Ohren spielen aufmerksam hin und her, doch dann senkt er seinen Kopf, um noch ein bisschen zu weiden.

Vorsichtig trete ich noch ein paar Schritte näher … als

ganz in unserer Nähe ein riesengroßer, lärmender Traktor auftaucht.

Filou reißt den Kopf hoch und beobachtet, wie das Ding an uns vorbei auf die Felder zudonnert. Doch bevor er sich zur Flucht entscheiden kann, bin ich schon fast bei ihm.

„Mein Guter, du bist ein ganz Braver“, sage ich zu ihm, während ich mich behutsam weiter an ihn herantaste.

Jetzt hat er das Möhrenstück bemerkt. Witternd reckt er seinen Hals, dann kommt er langsam auf mich zu und nimmt mir das Leckerli aus der Hand.

Mit angehaltenem Atem hole ich das nächste Möhrenstück aus meiner Tasche.

Maja nimmt mir wortlos den Führstrick ab, den ich mir über die Schulter gehängt habe. Vorsichtig und ganz langsam legt sie meinem Pony das Seil um den kräftigen Hals.

So, jetzt haben wir dich schon ein bisschen besser unter Kontrolle, denke ich, während er mir das zweite Möhrenstück aus der Hand frisst.

Langsam streife ich das Halfter von meiner Schulter und gebe es Maja. Und während ich Filou das dritte Möhrenstück hinhalte, zieht sie ihm mit ein paar zügigen Bewegungen das Halfter über und hakt den Führstrick darin fest.

„Geschafft!“, seufze ich abgrundtief erleichtert und nehme Maja das Führseil ab.

Dann machen wir uns auf den Heimweg.

„Ich frage mich nur: Wer macht so einen Blödsinn und lässt einfach ein Pferd frei?“, überlegt Maja nach ein paar Schritten.

„Bestimmt haben ein paar kleine Jungs aus dem Dorf eine Mutprobe gemacht“, vermutet Arpad. „So ganz nach dem Motto: Wetten, ich schaffe es, auf Hof Buchental ein paar Pferde freizulassen, ohne dass es jemand bemerkt?“

„Könnte schon sein“, urteilt Maja. „Dann müsste man den Kerlen aber ganz schön die Ohren lang ziehen.“

„Worauf du dich verlassen kannst“, knurrt Arpad.

Aber ich kann den beiden nicht so recht glauben. Denn ich habe einen anderen Verdacht. Und der hängt mit einer gewissen junge Dame zusammen, die sich ganz fest vorgenommen hat, mir das Leben so schwer wie möglich zu machen.

„Könnte es nicht sein, dass jemand anderer hinter dem Anschlag steckt?“, frage ich vorsichtig. „Ich meine jemand, der mir sozusagen Rache geschworen hat. Es kann doch kein Zufall sein, dass ausgerechnet die Weide meines Ponys sperrangelweit offen stand, oder?“

„Du meinst Emily“, stellt Maja fest.

„Ja genau“, bestätige ich.

„Du, das glaube ich nicht“, widerspricht mir Arpad. „Sie ist bestimmt fest entschlossen, dich bei den Sattlers und bei den anderen Reitern auf Hof Buchental schlechtzumachen, wo sie nur kann. Aber so ein dummer Streich ist unter ihrer Würde. Stell dir mal vor, sie wird dabei erwischt. Dann zieht doch der ganze Hof über sie her. Glaube mir: Das Risiko geht sie nicht ein.“

„Ich hoffe, du hast recht“, seufze ich.

Wir sind jetzt im Innenhof angekommen und ich binde mein Pony an einem Ring in der Mauer fest, um es zu putzen.

„Sollen wir nicht zu dritt ausreiten?“, schlägt Arpad vor.

„Warum nicht?“, stimme ich zu.

„Allerdings solltest du Favory reiten und ich nehme Filou“, meint Maja. „Immerhin finden schon in gut einer Woche die Dreharbeiten für den Werbespot statt.“

Ja, die Dreharbeiten. Wenn ich daran denke, werde ich jetzt schon ganz nervös. Denn diesmal bin ich keine Statistin im Hintergrund und kein Stuntgirl, dessen Gesicht man nicht erkennen darf. Diesmal bin ich der weibliche Star, geschminkt wie eine Prinzessin und in Großaufnahme gefilmt wie eine echte Schauspielerin! Oh Mann, ich darf gar nicht daran denken …

Kapitel 12

Werbestars

Der Tag der Dreharbeiten für den Werbespot ist gekommen! Die Sonne geht gerade auf, als Frau Erdelyi Favory und Benno, Arpad und mich samt ihrem Mann und Maja zu unserem Drehort fährt.

„Cool bleiben, Zoe!“, murmele ich, als ich mich von meiner Mutter verabschiede und zu Arpad und Maja auf die Rückbank des Geländewagens klettere. Warum bin ich denn schon wieder so aufgeregt? Das ist echt nervig. Inzwischen sollte ich mich doch langsam daran gewöhnt haben, vor der Kamera zu stehen!

Aber ich kenne die Leute von diesem Filmteam noch nicht und ich hab keine Ahnung, wie es ist, der weibliche Star eines Films zu sein. Auch wenn es nur ein ganz kleines Werbefilmchen ist.

Zum Glück haben wir es nicht weit. Bis zu dem großen Stoppelfeld, das die Promotion-Idea GmbH für die Dreharbeiten gebucht hat, sind es nur knapp fünfzig Kilometer.

„Herr Gernerod hat aber wirklich ein Auge für gute Settings“, urteilt Attila.

Tatsächlich: Vor uns erstreckt sich ein riesiges Stoppelfeld über einen flachen Hügel. Es wird von Bäumen gesäumt und ein kleiner Bach fließt daran entlang. Direkt daneben hat die Filmcrew ihre Zelte aufgeschlagen.

Frau Erdelyi hält ihr Auto an und wir steigen aus.

Ein etwa fünfzig Jahre alter, freundlich aussehender Mann kommt auf uns zu, um uns zu begrüßen. „Gernerod“, stellt er sich vor. „Freut mich sehr, euch endlich kennenzulernen.“ Er schüttelt uns die Hände.

Wie immer bei Dreharbeiten gilt es, keine Zeit zu verlieren, und so sitzen wir schon wenige Minuten später in der Maske. Während Maja und ihre Eltern draußen die Pferde putzen, wird aus mir ein anderes Wesen. Eine volle Stunde dauert es, bis mich die kundigen Hände des Maskenbildners von einer nervösen Zwölfjährigen in eine unbekannte Schönheit verwandelt haben.

„He, ich wusste ja gar nicht, dass mein Sohn so eine hübsche Freundin hat“, lacht Herr Erdelyi, als ich aus dem Zelt heraustrete.

Aber ich erkenne mich ja auch selbst nicht wieder. In einem wunderschönen, langen weißen Kleid, mit einer hellblonden Perücke und leicht silbern glänzendem Make-up im Gesicht fühle ich mich fast wie eine Elfe aus einem Zauberland.

Arpad trägt schwarze Reithosen und einen ebensolchen Pullover; sein dunkles, leicht gegeltes Haar schimmert in der Spätsommersonne fast so sehr wie seine schönen braunen Augen, die mich voller Bewunderung mustern. Der Ausdruck in seinem Blick macht mich glücklich, am liebsten wäre ich jetzt auf ihn zugestürmt und hätte ihn umarmt. Aber das geht nicht, denn wir sind hier bei der Arbeit und jede Minute kostet Geld. Darum müssen wir uns professionell verhalten.

Also steigen wir auf unsere Pferde, die vor Sauberkeit in der Sonne leuchten. Dann erklärt uns Herr Gernerod, was wir zu tun haben.

Zwei Stunden lang traben und galoppieren wir auf dem Stoppelfeld hin und her, während uns die Kamera aus den unterschiedlichsten Blickwinkeln aufnimmt. Dann kommen die Nahaufnahmen, wegen denen ich die ganze Zeit über so aufgeregt war. Ich reite an den Rand des Stoppelfeldes und tue so, als würde ich zu meiner Überraschung Arpad entdecken. Danach fahre ich mir mit der Hand durch die langen hellblonden Haare und treibe mein Pferd an.

Fünfmal muss ich diese Szene wiederholen, bis Herr Gernerod endlich zufrieden ist. Und dann ist die Kuss-Szene an der Reihe. Arpad und ich sollen die letzten Meter im Schritt aufeinander zureiten, unsere Pferde ganz eng nebeneinander anhalten lassen, uns vom Sattel aus in die Arme nehmen und uns einen leidenschaftlichen Kuss geben.

Während ich auf meinen Einsatz warte, gehen mir noch einmal die letzten Wochen durch den Kopf: die dramatischen Ereignisse um Amorio, der jetzt wirklich und wahrhaftig mir gehört, und Arpad, in den ich so unglücklich verliebt war und mit dem ich dann doch noch total unerwartet zusammengekommen bin. Und mir wird klar, was für ein unendliches Glück ich gehabt habe. Zwar bleiben immer noch viele Fragen offen: Auch wenn der Grund für Amorios Kopfschütteln nun gefunden ist, weiß ich nicht sicher, ob er sich jemals wieder reiten lässt. Und ich hab keine Ahnung, was für Gemeinheiten sich Emily

Münzkötter noch einfallen lassen wird, um sich wegen Arpad an mir zu rächen. Dennoch haben sich in den letzten Tagen so viele meiner Probleme in Luft aufgelöst, dass mir jetzt ganz leicht ums Herz ist.

„*Action!*“, ertönt es neben mir, ich drücke Favory die Fersen in die Flanken und er marschiert los. Dann bin ich neben Arpad. Ich strahle ihn an; liebevoll legt er mir seine Arme um die Schultern, zieht mich ein wenig zu sich herüber und gibt mir einen unendlich zärtlichen Kuss.

Und ich denke: Egal, was die Zukunft auch bringen mag – im Moment bin ich so glücklich wie noch nie in meinem Leben.

Wie es weitergeht, erfährst Du im 4. Band von **Zoe. Das Glück hat vier Hufe**. Alle Infos dazu und noch mehr auf www.arena-pferdebuecher.de

Angela Waidmann

Filmstars im Galopp

Zoe. Das Glück hat vier Hufe

Zoes Traum geht in Erfüllung: Sie und ihr Pony Filou werden die ganzen Sommerferien über bei einem richtigen Hollywoodfilm mitmachen. Als Statisten. Zum Glück ist auch Arpad mit dem erfahrenen Stuntpferd Favory dabei. Gemeinsam trainieren Zoe, Arpad und Maja mit den Pferden für den Dreh. Zoe ist schrecklich aufgeregt, und selbst Arpad ist etwas nervös. Schließlich tritt er zum ersten Mal in seinem Leben als echter Stuntman an. Als sich Zoe dann auch noch mit dem gutaussehenden Hauptdarsteller anfreundet, ist die Katastrophe perfekt.

Arena

Auch als E-Book erhältlich

192 Seiten • Gebunden
ISBN 978-3-401-60134-2
www.arena-verlag.de

Margot Berger

Freundschaftsprobe

Eine wahre Pferdegeschichte

Sarahs geliebtes Pferd Nestor ist das, was man gemeinhin »schwierig« nennt. Von seinem vorherigen Besitzer misshandelt, fasst Nestor nur sehr langsam Vertrauen zu seiner neuen Reiterin. Doch Sarah gibt nicht auf. Sie überredet ihre Eltern, sie mit ein paar Freundinnen auf einen einwöchigen Wanderritt gehen zu lassen. Sie hofft, dass die ununterbrochene Nähe sie und ihr Pferd zusammenschweißen wird. Was allerdings als schöne Ferien beginnt, wird zu einer Herausforderung für Pferd und Reiter ...

Auch als E-Book erhältlich

Arena

176 Seiten • Arena Taschenbuch
ISBN 978-3-401-50560-2
www.arena-verlag.de